約會大作戰 DATE A BULLET

赤黑新章 6

DATE A LIVE FRAGMENT DATE A BULLET 6

Kadokawa Fantastic Novels

「反正妳也覺得我竟然會喜歡上一個不知何名何姓、沒有印象、連長相都模糊不清的人，是腦子有病吧。」
「……才沒有，我怎麼可能那麼想。」

「機會難得，就順便施展個魔法吧。」
第四領域支配者（魔法師）——阿莉安德妮・佛克斯羅特
Chesed Dominion
「拜託大家全心全力地保護我！」
準精靈（遊人）——緋衣響

「總之，只要打倒怪物就可以了吧？」
精靈（槍手 Gunner）——時崎狂三
「大家一起踏上冒險之旅吧。」
準精靈（聖騎士 Pala）——蒼

「——」
精靈——？？？

「好了，精靈小姐，開始我們的戰爭吧！」

「要不要在這個鄰界一起生活？」

約會大作戰
DATE A BULLET

赤黑新章

06

東出祐一郎

原案・監修：橘 公司

Kadokawa Fantastic Novels

彩頁／內文插畫　NOCO

——被蠻橫地唆使。
——被野蠻地搶奪。
——被霸道地擊潰。
——被凶橫地誅殺。
一切肇端於我妳，
一切起始於妳我。
好了——所以開始終結的戰爭（DATE）吧。
約會大作戰
DATE A BULLET
赤黑新章 6
DATE A LIVE FRAGMENT 6
SpiritNo.3
AstralDress-NightmareType Weapon-ClockType[Zafkiel]

〇序幕

夢境的開端猶如一場惡夢。

將萬物燃燒殆盡的異形怪物，令四周陷入一片火海。

射擊（中彈）、中彈（射擊）、射擊（中彈）、中彈（射擊）。

射擊（中彈）、中彈（射擊）、射擊（中彈）、中彈（射擊）。

經過一陣槍林彈雨——

俯臥在地的是異形怪物。

佇立原地的則是赤黑綴身的少女。

伸出的手／無法觸及。

冷若冰霜的眼眸／彷彿批判怪物似的。

——住手、住手、住手、住手！

即使喊破喉嚨、聲音嘶啞也無濟於事。

就這樣，我們清醒過來。

「——啊啊，好懷念啊。」

少女手肘拄著王座，緩緩睜開眼。與其說作夢，不如說是仔細回味記憶。

自那一瞬間、那場邂逅起，一切就此啟動。

因為機緣巧合獲得無所不知、無所不能的力量（Energy）。

「這個鄰界是『屬於我的』，誰也別想奪走。」

聽見這句話，她的眼瞼顫動了一下。

「……啊啊，我失言了，『將軍（General）』。應該是屬於『我們』的才對。」

王座之殿沒有信徒空無和三幹部在場。

在場的只有純白且殘酷的怪物，白女王（Queen）。身上穿的靈裝（Dress）雖像軍服，卻極力要求色調清冽。

白女王無比孤獨。

沒有人與她心靈相通，彼此理解。雖有狂熱的信徒追隨，卻無人贊同她。

雖有部下追隨，卻無朋友相伴。

「我對此感到寂寞——『妳』卻無動於衷呢，真可憐。」

憐憫的笑容令她的眼瞼再次抽搐了一下。

如此一來一往，但王座之殿空無一人。只見白女王淡淡……卻理所當然般喃喃自語。

「還剩第二領域（Chokmah）、第四領域、第五領域（Geburah）……事到如今，想攻其不備恐怕行不通了呢。很遺憾，『千金（Lady）』的任務就到此為止。」

她以平靜的口吻如此說道。

「那麼，『將軍』，接下來就交給妳了。」

閉上眼瞼——睜開。

單憑這個動作，現場的氣氛便瞬間轉為嚴肅。神色宛如面對無數士兵的指揮官，語氣與嗓音也截然不同的「他人」幻化成白女王。

「第五領域的召喚術士（Summoner）轉達，召喚術式幾乎完成，著手準備詠唱。不久後開始進攻摧殘。」

◇

時崎狂三站在第五領域的通行門（Gate）前，望向後方，回首往事。

起始於墜落。

宛如溺海般——類似即將死去的感覺。

抵達之處是第十領域（Malchut）。

那是在鄰界被視為最殘酷的廝殺領域。說來極為複雜，狂三在那裡曾「化為」緋衣響這名少女。

「呼呼呼……狂三……來幫幫忙啦……不，妳絕對不可能幫忙的……畢竟妳是狂三嘛……」

「我本來想稍微幫一下忙才回頭的，既然妳這麼說，我就欣然拒絕嘍。」

「對不起，如果妳願意幫忙，我會非常感謝妳！」

而現在，緋衣響攙扶著持續沉眠的少女，宛如戰滿十回合的拳擊手般氣喘吁吁。這也難怪，畢竟她扶著半途說出「好睏，我要睡了」後倒頭就睡的少女一路走到現在。

緋衣響曾奪走時崎狂三的能力，代替狂三，以她的身分行動，施展她的力量以便達成復仇。

……結果並未如願。響將力量歸還狂三，為自己的故事劃下句點。

最後選擇與狂三同行。

狂三在想應該把響當作共犯還是夥伴呢？稱她為朋友太過疏遠，稱她為家人又太過親密。

「我為了妳死也心甘情願喔。」

既然某天都收到如此推心置腹的告白，實在難以將她擺在區區朋友的位置。

歷經第十領域的狂三，緊接著通過鄰界的第九領域、第八領域、第七領域。

Yesod Hod Netsah

與各式各樣的人相遇，其中也不乏不是冤家不聚頭，或是促使自己成長，刺激與過往記憶相關的某種東西的相遇。

狂三思忖著上述所謂的冤家——白女王的事。

若說自己的靈裝〈神威靈裝・三番(Elohim)〉是以赤黑為基調，那她的便是以藍白為基調。

她持有的天使為〈狂狂帝(Lucifugus)〉——是一把軍刀與精密機械般的手槍。

她全身上下，一切的一切都令狂三看不順眼……宛如映在鏡子裡的自己浮現令人毛骨悚然的陰森微笑。

反轉體——狂三的腦中掠過這個詞彙。不，恐怕……百分之九十九是如此吧。

自己雖有這方面的知識，卻不曾親眼見過。

陷入虛數領域的精靈，在現實世界中只是會帶來破壞的災厄之徒。

也存在於時崎狂三宏大的人生紀錄中，是個宛如混濁汙點的貨色。

……不過，同時——

也明白她——那個自稱白女王的反轉體——擁有強大無比的力量。

至少，正面對抗的勝算很低。雖然在第三領域(Binah)的戰鬥得以報一箭之仇，但也僅止於此。

自那以來，狂三便沒有再使用能產生分身的【八之彈(Het)】。因為她知道處於這個鄰界的自己並非本體，而是分身。除了對分身產生分身的行為感到強烈的忌諱，同時——內心也烙下「產生分身的次數越多，壽命便越減少」的恐懼。

不過，即使如此——

狂三也心知肚明，自己遲早還是得用上。

因為決戰之日到來時，就算不惜削減自己的存在，也必須戰勝對方。只是，問題在於即使利用【八之彈】增強戰力，是否真的能戰勝對方。

而白女王的動向又是另一個問題所在。

經過第三領域一戰後，她便未曾再現身於自己面前。不過，她的兩名手下倒是露了臉。ROOK和BISHOP這兩名狂熱的信徒都擁有不同層面的強大力量。

更棘手的是，她們隨時可以復活。白女王讓她們宛如遊戲角色的狀態，死了可以重新來過般復活。

……不過，倒是有一點好處，就是她們的能力是固定的，不會改變。

ROOK的能力是操縱巨鐮，BISHOP的能力則是洗腦和喬裝。另外還有尚未現身的KNIGHT，但她的力量總不可能與白女王匹敵。

因此，只要有掌管散布鄰界十領域的準精靈——支配者的協助，就能與她們對抗。

然而……

「呼……呼……呼……」

「這個人真的睡得很香耶！」

身為支配者之一的阿莉安德妮・佛克斯羅特卻貪圖睡懶覺。她在第七領域與狂三對決撲克牌時鍥而不捨，與佐賀繰由梨對戰時也貢獻良多。

這樣的她卻動不動就睡，一個勁兒地睡。不管是在路邊、走路或奔跑時，一旦想睡便立刻倒頭呼呼大睡。

「其他能戰鬥的人……大概就只有蒼了吧。」

「蒼怎麼了？」

「我在想不知道她現在怎麼樣了。」

有一個準精靈名叫蒼。在第十領域相遇的她，綽號是碎餅女（Biscuit Smasher）。擁有將敵對的對手「如餅乾般粉碎」這個可怕稱號的她，卻也是個天真無邪的少女。

據說她目前位於狂三等人正要前往的第五領域。

似乎在最前線拚命量產空無的屍體（本來在鄰界，死者會立刻消融，因此屍體有跟沒有一樣就是了）。

倘若真是如此，碎餅女是否應該改名為絞肉機呢……狂三思忖著這種無關緊要的事。

總之，如果雪城真夜所言不假，狀況已迫在眉睫。

這代表鄰界有崩壞危機的同時，也即將面臨與白女王的決戰。

「終、終於到了……優雅佇立在那裡的狂三，差不多該叫醒這個人了。」

「了解，〈刻刻帝（Zafkiel）〉。」

狂三毫不猶豫地鳴槍。

「叫醒人的方式一點都不慈愛……」

狂三將已到嘴邊的「真麻煩」這句話一口嚥了回去。要是說出口，怠惰的烙印會更深刻。於是，阿莉安德妮動著嘴唇嘀咕：

「唔……唔嗯……好大的聲音……」

「……半夢半醒呢。再華麗地開一槍吧，比如朝眉心射擊之類。」

「阿莉安德妮小姐～～！妳再不快起來，Trigger Happy狂三有可能會變成掃射魔喔～～！」

「……唔，我起來了……」

阿莉安德妮．佛克斯羅特「呼啊～～」地打著呵欠，一邊依依不捨地消除枕頭。

「那就出發前往第五領域吧，GO GO GO～～」

「已經抵達了喲。」

「唔咦？」

阿莉安德妮睡迷糊了。

◇

從第七領域抵達第六領域(Tiphareth)，接著前往第二領域。

雪城真夜、凱若特·亞·珠也(carte à jouer)以及時崎狂三的分身岩薔薇(Cistus)三人前往與狂三不同方向的領域。

照理說，她們應該前往第五領域。

兩名支配者，以及雖無法使用〈刻刻帝〉卻擁有與狂三相同能耐與武器的岩薔薇。

考慮到正在進攻第五領域的女王狂熱的信徒——空無的數量，她們三人不參戰，己方將損失極大的戰力。

即使如此，她們仍舊必須返回第二領域。

——在第七領域解決佐賀縲由梨一事後，真夜告訴狂三：

「第二領域與第五領域在這個鄰界擁有重要的意義……也許白女王還沒發覺，但遲早會發現。抑或是，搞不好她早就已經發現了。」

「這話是什麼意思？」

面對狂三的質問，真夜欲言又止，本想挪開視線又立刻搖了搖頭。

「……本來必須保密的，但我信任妳們才坦白。」

真夜對在場的時崎狂三、緋衣響、阿莉安德妮・佛克斯羅特、佐賀繰唯語氣平淡又帶點熱情地述說起鄰界的事。

「我……不對，應該說我們吧。在第二領域的準精靈是藉由調查鄰界來定義自己的存在理由。或許該說是求知欲。我在這個鄰界誕生為準精靈後，便一直在調查鄰界。」

「我們的肉體不會因年齡而成長，不會變胖變瘦變矮變高，即使會受傷也不會留下遺體。這是為什麼？」

「因為我們能在鄰界存在靠的不是肉體，而是靈魂，而靈魂主要必須靠所謂靈魂結晶碎片這個核心和靈力來維繫。」

真夜豎起兩根手指。

「我們死亡的理由大致可分為三……不，兩種。」

「第一種是喪失生存目的。準精靈一旦失去生存目的，位於我們體內的靈魂結晶碎片便無法維持靈力。靈力逐漸減弱，便會化為空無，最後消滅……我想大家都很清楚這一點。」

「第二種是即使有生存理由，只要靈力耗盡，依然會消滅。換句話說，就是處於受到攻擊導致身體損壞——無法以靈魂結晶碎片維持肉體的狀態。」

「第二種情況與現實世界的死亡沒什麼差別呢。」

狂三說完，真夜頷首表示認同。

「儘管我們的身體比那邊的世界更容易修復……不過，確實沒什麼差別。總之，妳們知道這兩種死亡有什麼必要的條件嗎？」

佐賀綠唯規規矩矩地舉起手，回答：

「流失靈力……嗎？」

「沒錯。兩種死亡首先都必須經過『流失靈力』的過程，再到達『肉體消滅』的結果。靈力是形成我們身體的肉、骨、血……兼備一切的來源。換句話說，是運轉這世界的超強力能源。在那邊的世界……現實中，只要處於欠缺肉體的靈魂狀態就是死亡，但在這裡不視為死亡便是基於這個道理。」

「前言太長了啦〰〰」

面對阿莉安德妮的抱怨，真夜嘆息道：

「因為若是跳過這段前言，就無法理解白女王的陰謀……這個鄰界的靈力十分龐大，如果這些靈力『全集中在一個人身上，結果會如何』？」

在場所有人沉默不語。

就連阿莉安德妮也不禁睜大她睏倦的雙眼。

「這——」

這個鄰界的萬物全是由靈力所形成。倘若剛才真夜所言不假，連準精靈也是以靈力構成。

如果將所有靈力集中在一人身上，將會如何？

「簡單來說，就是會變成這鄰界獨一無二的『神』。不過前提是，得先將鄰界的準精靈一個不剩地消滅才行。」

眾人更加沉默。

「可、可是，可是啊，說起來，究竟要怎麼做？畢竟沒那麼容易收集到靈力吧？」

響驚慌失措地訴說。不過，狂三依舊保持嚴肅的神情。

「……那跟第五領域與第二領域有關嗎？」

「沒錯，首先是第五領域。這裡是調整整個鄰界的靈力……算是操作室吧。若是某處大量消耗靈力，便會以這裡為起點供應靈力。因此，造成第五領域的靈力始終不穩定，才會變成不毛之地。」

「也就是說，只要攻占這裡，就能破壞靈力的平衡嘍？」

「各個領域也有在進行靈力循環，因此不致於造成毀滅性的崩壞……但基本上無法像以前那樣隨便消耗靈力了。就經濟層面來說，第九領域一帶影響最深。」

第九領域是以唱歌而非廝殺來讓經濟……靈力循環的領域。不過，那也是在第五領域的機能發揮效用之下才能運作。

「……那麼，又和第二領域有什麼關係呢……？」

真夜深呼吸後，坦承第二領域在鄰界的作用。

所有人聽完後才終於理解，澈底理解了。

這個鄰界雖如天堂般安穩，但只要拆除地面一塊搖搖晃晃的木板——便能看見底下無邊無際的地獄。

◇

第五領域。

正如雪城真夜所敘述的，猶如火山爆發後的不毛大地就擴展在眼前。與第十領域、第九領域、第八領域、第七領域大為不同的廣大荒野。

草木不生、到處龜裂，腳下是凹凸不平的岩石。

「這還真是……」

「我是初次來到此地，但比想像中還要貧瘠呢。」

「……對了，話說回來，我也很貧瘠喲～～」

阿莉安德妮像是突然想到般低喃一句。

狂三與響下意識地回應：「是喔。」

「……」

「……」

一陣沉默。

……這女人剛才說了什麼？兩人凝視阿莉安德妮，她便微微挺起胸膛，再次說道：

「就說了，我也很貧瘠喲～～」

原來如此，不過……

這有什麼好自豪的？應該說，為什麼要告訴我們這種事？

「了解了。那我們出發吧。」

「說的也是。」

狂三與響互相對望，使了個眼色，決定不予理會。

「……反應好冷淡喔，這可是我一生一次的宣告耶。」

「請不要把一生一次的機會用在這種地方。」

「我用過一百次了。」

「也用太多次了吧……」

狂三傻眼地嘆息。

「好了好了，走吧。現在立刻出發吧！」

響擔心再拖拖拉拉，自己有可能會遭受池魚之殃，便當機立斷採取行動。意會到這一點的阿莉安德妮浮現不懷好意的邪笑，低喃道：

「莫非，響妳『也』很貧瘠？」

「不予置評！不予置評！」

響竭盡全力拒絕評論。

◇

第五領域是戰場。

映入她們眼簾的是滿坑滿谷的白女王部下——空空如也的空無群。那副情景與其說是人類，更像是昆蟲軍隊。

「第五次進攻要來嘍！舉好無銘天使（武器）！」

一人如此指示後，一群身穿破爛靈裝的少女便咬緊牙關，好不容易才站起來。

「靈晶炸藥（Nitro Dress）呢？」

將靈裝改造成炸藥的靈晶炸藥最適合迎擊空無軍團，可說是十分珍貴的武器，但為防萬一而大量儲備的靈晶炸藥卻幾乎使用殆盡。

「這裡能使用的分量已經完全不剩了！」

雖然尚有儲備，但那是要用在其他作戰中，不可挪用，更何況儲備的數量保管在遠離陣地的場所。

「……！」

「隊長，請下指示！」

「……將剩下的靈晶炸藥……」

正要下決定時，「她」終於出現。

「隊長！篝卦葉羅嘉的直傳弟子前來增援！」

聽見這句話，原本精疲力盡的準精靈們士氣大振。

「誰，是誰來了！」

「『碎餅女』，蒼！」

歡聲四起。

同時一名少女高速劃破天際飛來，降落於塹壕外。

「狀況確認，開始戰鬥行動。不需支援，妳們可以休息無妨。」

準精靈少女們聞言，如斷線般癱倒在地。老實說，她們早已到達極限。聽完蒼的這句話後，她們便昏厥般陷入沉眠。

而蒼獨自佇立戰場。

吐出篝卦葉羅嘉的教誨：

「妳的速度不變、妳的力量不變、妳的戰鬥不變。謀事在人，成事在天，所以，『謹慎行事』。」

玻璃般的眼瞳，殺氣騰騰。

老實說，蒼並不清楚鄰界的現狀，也漠不關心。

一心奮戰且戰勝便是她的存在理由。

……而最近她的存在理由又多了一個。

想她的次數增加了。不知為何一想到她，自己便心跳加速、怦然心動、充滿「殺意」。

蒼認為這應該是戀愛吧。

而遺憾的是，周圍並沒有指摘「妳這想法有點奇怪喔」的朋友。畢竟與她交情深厚的戰友們也幾乎滿腦子想的只有戰鬥，因此她們的反應清一色都是「原來如此，那就是戀愛啊」。

也就是俗話說的「頭腦簡單，四肢發達」。

總之，蒼舉起無銘天使〈天星狼(Lailaps)〉——變形戰戟，身穿〈極死靈裝．一五番(Brinicle)〉。

「……放馬過來吧。」

白色的空無軍團宛如回應她的呢喃，同時襲擊而來。

將沒有一線生機的性命投入毫無未來的戰鬥，她們這種盲從的攻擊，不斷削弱守護這裡的準精靈們的心神——

卻對宛如戰鬥機器的蒼毫不管用。

斬擊如閃光般劃破天際，隨後一陣衝擊波橫掃周圍一帶。

這一擊令空無們親身體會到蒼的外號為何叫碎餅女，遭到粉碎，煙消雲散。

即使如此，其他空無依舊心志堅定，欣然將消滅視為自己的死，再次蜂擁而上。不過，這種程度的攻擊——

「真礙事。」

輕易便被蒼一舉擊潰。

「嘻嘻嘻」。無數的笑聲令蒼皺起眉頭，因為眼前有一頭巨龍——由無數空無組成的怪物，正面朝蒼張開下顎。

「——集合體（Assembly）。」

巨龍吐出火焰氣息。

面對迸發而出的龐大熱能量，蒼絲毫不閃躲。

將〈天星狼〉「一揮而下」。

那道斬擊直接將巨龍的全身直剖兩半。

「『笑聲真刺耳』。」

蒼的嘴裡吐出如此霸道的一句話。

戰爭就此輕易落幕。本來進攻這裡的空無軍團就不是本體，但若是置之不理，任由她們突破這塹壕，戰線便會潰於蟻穴。

「傷腦筋，戰線不堪負荷……」

就連蒼這樣的樂天派，提起戰爭之事也不得不危言正色。

目前，適合戰鬥的準精靈以第五領域和第十領域為主要戰場，除此之外，也在各個領域施展拳腳。

面對二十四小時從第五領域各處進攻的空無，為數不多的準精靈已精疲力盡。

而問題在於，即使如此也不存在「撤退」這個選項。

若是這裡——位於第五領域中央的大洞窟，第五地下城「Elohim Gibor」被攻占，十之八九確定敗北。

雖說只要戰線被推近便會敗北，但這樣下去某處的戰線遲早會被攻破瓦解吧。

多虧蒼趕來救援才勉強維持住戰線。

不過，也僅止於此了。這不過是拚命修繕接二連三被攻破的防禦網罷了。

遲早某處會被攻陷，戰線瓦解，我軍將吃敗仗。

必須在事態演變成那樣之前打破現況。

來自第三領域的侵略者空無軍團聚集的「巢穴」。

必須擊潰這裡，否則第五領域將不斷面臨侵犯的浪潮。

〈——蒼，妳聽得見嗎～～？我是公會會長～～〉

蒼側耳傾聽傳進耳裡的通訊。

「我是蒼，擊退一隊空無，成功維持戰線。不過，所有人已精疲力盡，進入睡眠狀態，可以的話，想請求增援。大量僱用冒險者。」

〈這……有點困難呢。也罷，我來想辦法。更重要的是，我接到阿莉安德妮·佛克斯羅特的通知，傳聞中的她好像來了喔。〉

「……她是指……」

〈時崎狂三。〉

蒼聽見這名字的瞬間，立刻飛向天空。

「我馬上過去！」

〈我還沒告訴妳地點耶！〉

「妳要是不告訴我，我可能會因為太過憤怒和悲傷而亂揮武器發射斬擊喔！」

〈我現在就告訴妳！妳可千萬別這麼做！〉

蒼聞言，一臉滿足地頷首應和，加快速度。

時崎狂三來了。

蒼卸下那平常不知在想什麼、面無表情的偽裝，喜形於色——露出一臉傻笑的呆愣表情，飛翔在空中。

◇

抵達第五領域的狂三面對一望無際的荒蕪光景，感到厭煩。淺黑的嶙峋岩山，四處可見的豔紅光輝是熔岩嗎？

「嗚哇，好溫暖喔。」

響戰戰兢兢地觸摸地面，感受熱度。

「就像現實世界所謂的火山地帶吧……」

「沒錯、沒錯，就好比夏威夷的……什麼來著……夏威夷的某某火山。」

「妳是想說基拉韋厄火山吧。」

「對啦～～差點就說對了。」

「差很多好嗎？阿莉安德妮小姐。」

「不過，還真是溫暖呢。溫度恰到好處……令人……想睡……」

「……妳還想挨我一槍嗎？」

阿莉安德妮心不甘情不願地坐起身子。

「阿莉安德妮小姐～接下來該怎麼辦？」

「應該會有人來迎接我們～」

阿莉安德妮以悠哉的口吻說完，狂三與響環顧四周——空無一人。

三人處於被擱置於荒野正中央的狀態。

「……沒有人來呢。」

「……沒有人來呢。」

「……慢慢等吧。」

無奈之餘，三人只好蹲坐抱膝，等待有人前來迎接她們。因為甚至看不見任何能成為地標的建築物，不管去哪裡都可能會迷失方向。

「……我可以睡覺嗎？」

「如果這個狀態一直持續下去，也只能答應了。」

狂三嘆息著回答後，阿莉安德妮便喜上眉梢地——基本上她總是沒什麼表情，因此難以斷定——鑽入睡袋。

「啊，狂三，她已經跑去睡了。」

「真想在她臉上塗鴉，妳有帶筆嗎，響？」

「沒有耶～～……」

如此一來，兩人只能發呆。狂三原本對時間白白流逝感到有些煩躁，但地面的溫暖令她腦袋也開始放空。

「……好閒……喔。」

「就是說呀。」

大地雖荒涼貧瘠，空氣卻溫暖和煦，天空也莫名蔚藍。

「我們來到第五領域了呢。」

響語調悠哉地說道。

「就是說呀。」

狂三突然想起——的事，那個記不起名字，連長相也模糊不清卻愛得要命的少年。

「狂三，妳在想那個男生吧？」

「什麼！」

內心動搖的狂三不禁用手槍指向響；響舉起雙手，發出慘叫。

「喂！依照剛才聊天的走向，為什麼會用槍指著我啊，真是的！」

「不好意思，不小心條件反射……」

「我覺得妳的反射大有問題！」

大概是連自己也覺得剛才的舉動有問題，只見狂三一邊清了清嗓一邊收起〈刻刻帝〉。

「話說回來，被我說中了吧？」

「……對啦。」

狂三鬧彆扭似的撇過頭低喃。響見狀，嗤嗤竊笑。她的笑容令狂三越來越不悅。

「反正妳也覺得我竟然會喜歡上一個不知何名何姓、沒有印象、連長相都模糊不清的人，是腦子有病吧。」

「……才沒有，我怎麼可能那麼想。」

響偷看狂三的臉龐，因靦腆害羞而忸怩的狂三簡直就像戀愛中的少女。

「我怎麼可能認為擺出這種表情的妳腦子有病嘛。」

「我……現在是什麼表情？」

「不告訴妳。」

響開心地嘻嘻笑道，心想除了那個人以外，肯定沒有其他人看過她這種表情。既然他不在鄰界，響就能獨占這副表情。

響為此感到有些高興。

——絲毫不覺得悲傷。
即使這只是一時的光景。
即使這並非展現給自己看的表情。
——不，不對。
「或許正因為不是展現給自己看，才感到開心吧」。
不斷拚命奔馳戰鬥的她若能獲得報酬，應該給予她強勁的生命，而非像自己這種一吹即散的生命。
沒有回憶？製造回憶就好。
不清楚長相？反正總有一天一定會相見。
「欸，狂三。」
「什麼事？」
響內心百感交集地告訴狂三：
「希望妳幸福，和那個人如膠似漆、卿卿我我。」
「……我能幸福嗎？」
「一定能，因為妳是時崎狂三啊。」
響平靜地如此訴說。

◇

……阿莉安德妮一邊打盹一邊偷聽兩人的對話。內容是無聊的戀愛話題，因此她沒有興致告訴別人。

況且狂三從以前就公開聲明自己踏上旅途是希望從第一領域（Kether）返回現實世界。

阿莉安德妮不曾在鄰界編排時受到牽連，因此只在傳聞中聽說過關於等在那場旅行終點的男人——總之，他也頗受準精靈的歡迎——據說是個令所有人都墜入情網的少年。

阿莉安德妮心想：這樣的人真的實際存在嗎？

也認為只是一傳十，十傳百，其實根本沒什麼了不起。

不過，同時也感到小鹿亂撞，心想萬一真的遇見他又會如何。

話雖如此，阿莉安德妮認為情啊、愛啊、戀啊什麼的，基本上都是些麻煩的感情，會對總是發睏的自己的腦袋造成極為不良的影響。

——自己絕對不想怦然心動得睡不著……

阿莉安德妮覺得自己的靈魂並不適合那樣。

但她倒也不是對戀愛話題全然沒興趣。她發出熟睡的鼻息聲，更加豎起耳朵傾聽戀愛話題。

◇

「……雖然八竿子打不著，不過所謂的卿卿我我是指什麼呢？」

「咦，這個嘛……應該是牽手、挽手臂、勾腳挑逗、撫摸頭髮、互相餵食……一絲不掛地……合二……為一？」

越到後半段，響的聲音越是微弱。說來說去，還是不好意思談論「那種事」吧。

「是這樣嗎？」

狂三詢問後，響滿臉通紅，雙手撫上臉頰猛力搖頭。狂三覺得她好像一隻濕透的貓咪在甩水一樣。

「……我也不太清楚……畢竟沒有經驗……啊啊啊啊啊，感覺好慌亂喔～～！」

「妳真是可愛呢。」

「我、我可愛嗎！」

「……順帶一提，妳知道可愛也分兩種嗎？」

「啊，我有聽過！我的可愛是那個嗎！像醜貓那類的可愛嗎！」

「貓咪才沒有醜的！所有貓咪都非常非常可愛喔，響！」

狂三急切地反駁，這一點她絕不退讓。貓咪只要身為貓咪，就是可愛，無論老少胖瘦（若是生病變瘦，當然令人擔心）就是可愛、就是無敵。

「唔，踩到大雷，舉錯例子了……！」

「響，貓咪很可愛吧！」

「是、是，很可愛！貓咪很可愛！」

狂三這才鬆了一口氣。

「太好了，要是妳不改口，我只能跟妳大打出手了。」

「我差點命在旦夕！狂三，妳知道自己五秒就能致對方於死地嗎！」

「我知道啊，因為我剛才打算使出全力……」

「說來慚愧，我光用聽的都覺得害怕。」

當狂三與響聊著這種芝麻綠豆大的小事時，突然感到背脊一陣發涼。並非實際覺得冷，而是戰慄——也就是感受到殺氣。

「……！」

狂三與響立刻進入備戰狀態，阿莉安德妮也不著痕跡地從睡袋伸出一隻手。

然後，三人瞪視傳來殺氣的方向——高速飛來的人影在眼前降落。

「……妳……」

「好、好、好、好久不見。」

蒼氣喘吁吁地舉著戰戟。她的眼瞳閃閃發亮，似乎蘊含著熱度，平常的酷勁不知道跑到哪裡去了。

老實說，響很害怕。並非害怕戰力的強弱，而是純粹對她的情緒感到畏懼。

「那個……狂三，蒼的眼神好像一頭飢渴的狼喔。」

「我、我也不知道為什麼會這樣。」

「來、來一決高下吧。現在、立刻來決勝負。」

蒼一副迫不及待的樣子揮舞著手中的戰戟。

「……啊～～對喔～～這裡是小蒼的故鄉嘛，所以才會狠狠教訓白女王的軍隊——」

阿莉安德妮心有戚戚焉地得出結論。

「情緒才變得如此亢奮吧。」

「原來如此……〈刻刻帝〉【七之彈(Zayin)】。」

狂三輕聲低喃，喚出愛用的老式手槍，背上顯現出巨大的懷錶。趁興奮的蒼不注意時，發射子彈。

「狂三，我記得第七發子彈好像是……」

狂三大步流星地繞到靜止的蒼背後，拿起長槍當球棒使用，奮力朝蒼的後腦杓揮下。

「沒錯，是暫停時間。」

「來一決勝負吧——————咕唔！」

蒼的臉猛力撞上堅硬的岩石地面。

「冷靜下來了嗎？」

「感覺是有比較冷靜啦，但我的肩膀、後腦杓和臉超級痛的……」

蒼有些淚眼汪汪地搓揉著臉。

「畢竟我開槍射了妳的肩膀，又毆打妳的後腦杓，害妳整張臉撞到地面嘛……」

「真厲害，才一瞬間就做出這些攻擊，不愧是時崎狂三。抖S（超級虐待狂）中的抖S。」

「妳從哪裡學來這種粗俗的詞彙？」

「在戰場並肩作戰的同伴教了我不少事，我還學會了色色的知識，也明白了我對時崎狂三抱持的感情是什麼，好像叫嬌羞吧。」

「……嬌羞……？」

「沒錯，是叫病嬌的樣子。我似乎對時崎狂三抱有愛戀與殺意。」

蒼挺起胸膛如此宣言。

「原來如此……妳完全搞錯了呢。」

「妳說什麼？」

「妳抱持的感情是戰敗帶來的屈辱，然後為了雪恥而奮鬥，絕對不可能有什麼愛慕之情。」

「是嗎～～……」

「沒錯，就是這樣。」

「唔～～……我越弄越糊塗了。」

響嘆了一口氣，拍了手。她受夠在這個不毛之地談論這種沒營養的事了，而且該怎麼說呢？竟然偏偏是蒼與狂三在聊這種話題，響打從心底覺得無聊。

「好了，不要再聊這個話題了！蒼，妳可以為我們帶路吧？」

「咦？」

「咦？」

蒼一頭霧水地歪了歪頭，響也依樣畫葫蘆。

「我……一聽說時崎狂三要來就渾然忘我……其他的事我不太清楚……」

「原來如此。妳在一無所知的情況下聽說狂三要來，連納刀都省了就飛奔而來嗎？」

「我問一下喔，納刀是什麼刀啊～～？」

「她可沒在談刀的事喲！……她是指連把刀收進刀鞘的時間都沒有就飛快趕來的意思。」

「納刀聽起來動作很悠閒呢～～」

「我原本也這麼認為，用手機搜尋這個比喻方式，才發現跟我想像的不一樣……」

「等一下，我有確實把〈天星狼〉帶來喔，帶的才不是什麼刀。」

「拜託妳們，讓我把話繼續說下去好嗎～～！」

狂三有點害怕響發飆，便決定老老實實地保持沉默，讓話題進行下去。

「……原來如此，只要不與人交戰，帶妳們到總部就好了吧。」

「是的……妳知道怎麼走吧？」

「沒問題，循著氣味走就好。」

「……氣味……？」

「總部充滿血腥味，因為總有人受傷、奄奄一息或治好傷勢，打算再上前線。」

蒼泰然自若地如此說道；響立刻被她的側臉奪去了目光。

先前的傻氣已不復見。

那是一名戰士、一匹狼，在這個第五領域不斷奮戰的少女的臉龐。

「……蒼，我勸妳最好一直維持這個表情。」

「就是說呀……」

「唔？」

蒼滿頭問號地歪了頭。

聽見必須走兩個小時的消息後，阿莉安德妮感到絕望。蒼嘆了一口氣，用〈天星狼〉的尖端連人帶睡袋地將她扛起。

「好像蓑衣蟲喔……」

「是蓑衣蟲沒錯……」

「我當蓑衣蟲無所謂……唔嗯……」

阿莉安德妮在這種狀態下似乎也沒什麼問題，睡得十分香甜。

「時崎狂三妳來到這裡，果然是為了跟白女王的軍隊交戰嗎？還是為了跟我見面廝殺？或是為了見我一面與我相戀？」

「是為了跟白女王～～交～～戰～～！」

「唔。緋衣響，我又不是在問妳。」

「嘎哈——嘎哈——！」

蒼對像貓一樣威嚇自己的響感到困惑，一邊後退。

「哎，響說的沒錯。只是……這個嘛，除此之外，還有一個偉大又正經的目的。」

「哦，是什麼？」

「拯救這個鄰界。」

狂三莞爾一笑——隨後，蒼「喔喔～～」地發出低吟。

「這目的確實偉大。」

「蒼妳不也在為鄰界奮戰嗎？」

「……不是耶，我從頭到尾都是為自己而戰。因為，我天性如此。」

她理所當然似的如此低喃。

「嗯，那也是一種生活方式呢。」

「……通常我這麼說都會遭人白眼呢……」

「我拯救鄰界也是順便的呀，連打倒白女王也是順便。這一點我要鄭重聲明。」

「啊啊，對喔。對妳來說，跟那個人見面才是最重要的目的吧～～」

阿莉安德妮說完，狂三聳了聳肩。

「我不否認。」

阿莉安德妮微微瞇起眼睛——感到些許涼意的響一臉疑惑地凝視她。

「阿莉安德妮小姐？」

「沒～～什～～麼～～事～～啦～～」

阿莉安德妮微笑著打哈哈帶過。在狂三（她原本就不是會顧慮、體察別人情緒的個性）和蒼都沒發覺的情況下，只有響以皮膚感覺到阿莉安德妮發出的冰冷情感。

◇

走了一陣子後，狂三一行人發現一件奇妙的事。
「妳們……有聞到一股味道嗎？」
響詢問後，狂三點頭稱是。的確有一股味道。
「這是……草的味道……？」
「嗯。差不多該抵達中央地帶了，接下來就不是寸草不生了。」
果然如蒼所言，走了一段路後突然出現一大片一望無際的草原。
「咦、咦、咦，第五領域不是不毛之地嗎？」
響驚慌失措地如此說道，蒼便聳了聳肩回答：
「基本上其他領域是不知道這個資訊的，其實這個第五領域的中央地帶是草原……不對，正確來說有一點不同就是了。」
「？？？」
響歪頭表示不解。狂三一臉狐疑地觀察地面。
「真是奇怪，通常這種地面，該怎麼說呢……應該是慢慢產生變化的吧？」

狂三觀察的是草原與不毛之地的界線。分毫不差地完美分隔開來。

「這片草原……是某位支配者製造出來的，完成後就這麼心滿意足地消失了。」

「妳的意思是……這是人工製造的產物嘍？」

「沒錯，那位支配者……好像非常喜歡的樣子。」

「嗯，這種草原，的確很棒呢——」

當然——

響這時自然而然地把「好像非常喜歡的樣子」這句話解讀成喜歡草原。人喜愛大自然的風景是極為普通的嗜好，響自己也不討厭草原。

然而，並非如此。蒼的話少了致命性的受詞。

「……那是什麼？」

狂三戰戰兢兢地望向手指的方向。

結果那裡有個果凍狀的藍綠色物體在抖動。

「那是……呃……叫什麼來著……」

「是巨大的水果果凍之類的嗎？真～～夢～～幻～～♪」

響毫無防備地搖搖晃晃靠近；蒼停下腳步沉思；狂三憑直覺認知到太靠近會有危險；阿莉安德妮則是在睡覺。

唯獨響一人好奇心旺盛，認為有狂三、蒼和阿莉安德妮在，應該不會有什麼生命危險，明顯缺乏警惕。

「我想起來了，是史萊姆。」

蒼捶了一下手心。

「咦？史萊姆是呀啊啊啊啊啊啊啊啊！」

這時史萊姆撲向接近的響，響就像陷入液體般被史萊姆包裹住。

「響！」

狂三立刻掏出〈刻刻帝〉的短槍，指向響。

「咕嘟嘟嘟嘟咕嘟咕咕咕咕嘟嘟嘟嘟嘟嘟嘟嘟！」（不好意思，可以不要開槍射我嗎～～～～？）

「時崎狂三，不瞄準核心的話是無法打倒史萊姆的。」

「核心是指哪裡？」

「飄浮在緋衣響旁邊，像深綠色的球……」

「喔喔，是那玩意兒啊。」

狂三當機立斷，毫不在意因陷入恐慌而胡鬧的響，開槍射擊。史萊姆的核心一破，立刻失去黏性，沉重地掉落地面。

「……噫……還、還以為死定了……了、了、了、了、了……？」

「響，妳沒事——————妳在做什麼？」

每個準精靈都會穿名為靈裝的衣服。以靈力製成的靈裝不僅能保護準精靈的身體，也賦予她們各式各樣的能力。例如蒼的靈裝〈極死靈裝．一五番〉除了能防身，還能轉化成範圍性攻擊。至於狂三的靈裝〈神威靈裝．三番〉則是擁有非凡的防禦能力，可以阻斷馬馬虎虎的攻擊。

而響當然也穿著靈裝——「本應如此」才對。

「呀——————！」

她的靈裝被史萊姆的黏液無情地融解了。想當然耳，衣服融化後便會呈現一絲不掛的狀態。

「……史萊姆的特性是像這樣暫時融解靈裝，只要經過五分鐘便會恢復原狀。只是在這段期間只能全裸就是了。」

「妳也不早說～～～～～！」

響蹲在地上，勉強用雙手遮住私密部位並大喊。

「在我說之前，妳就已經靠近了啊……」

蒼將臉撇向一邊。響無法反駁她這番正確的言論，只能咬牙切齒發出低吟。

「好了好了，還好皮膚沒有融化，這樣不是很好嗎……」

「好噁心！狂三，不要讓我想像那個畫面好嗎……！」

「來、來，這個先給妳穿。」

狂三溫柔地對響說道。

「嗚嗚，謝謝妳…………」

狂三溫柔地對響說道……不過，笑容滿面的她拿給響的卻是樹枝。

「妳要我拿這個遮嗎！魔鬼！惡夢！狂三！」

「我開玩笑的啦，開玩笑♪」

「妳的笑容百分之百是認真的……根本不是開玩笑……！」

「來，『這塊布』給妳，是專門為了這種情況準備的。」

響用蒼遞給她的布包裹全身，才總算鬆了一口氣。

「謝謝妳……不過，妳說布是專門為了這種情況而準備的？」

「初來乍到的人通常都會中招，算是第五領域的入門關卡吧。」

「先不談這個，說起來，為什麼會有史萊姆存在呢？」

響也點頭如搗蒜地對狂三的提問表示贊同。這裡是鄰界，除了準精靈之外，連一隻老鼠都不存在。更何況，史萊姆在現實世界中也不存在。

「……這是上一任支配者的願望。她使用強大無比的力量打造出這個奇幻世界。」

「願望……」

響低喃後，蒼點了頭。

「據說是『我也想在奇幻世界達成我超強～～的境界！』這種——天真無邪的小小願望。」

「這願望很庸俗，哪裡天真無邪了，差很多耶！」

「我也不太清楚，聽說是這樣。」

「……所以說……是那位支配者的力量造成這個領域變質嘍？」

「嗯。據說是臨死之際耗盡自己的生命建構出來的，死後也像這樣繼續留存。以靈力創造出的怪物雖不是生物，卻像生物一樣到處活動、攻擊我們。其實還滿好玩的。」

「好玩？這東西好玩嗎？」

蒼點頭稱是。她看起來有些害臊，似乎不是響的錯覺。

「那名支配者建構的不只是原野，還『操弄了世界的體系』。」

「這話是什麼意思？」

「第九領域主要是藉由偶像的經濟活動來循環靈力。同樣的道理，第五領域則是藉由在這個……呃……奇幻的場所戰鬥來運轉靈力。」

「喔～～……」

阿莉安德妮表情呆滯地動了動眉毛。

「因此戰鬥就像是半義務一樣。已故的支配者將『技能』、『狀態』、『職業』、『冒險者公會』導入體系，不過前往其他領域當然就無效了。」

響突然舉起雙手大叫：

「『技能』！『狀態』！『職業』！『冒險者公會』！這些令人怦然心動的關鍵詞是什麼！我超興奮的！」

「咦，為什麼會興奮啊……」

看見直到剛才還哭喪著臉的響開心地跳起舞來，狂三有點嚇到。

「因為是奇幻世界耶！接下來我跟狂三要踏上令人眼花繚亂的大冒險之旅！擊退惡龍、剿滅山賊、化為聖女淨化邪惡耶！」

「喔……惡龍……聖女……」

一點概念都沒有的狂三一臉疑惑地望著響。

「蒼，已經可以開啟狀態了嗎？」

「必須先到冒險者公會註冊才行。」

「這樣啊～～那我們立刻出發去公會吧。好了，大家動作快！」

響邁步奔馳。狂三嘆了一口氣，追在她身後。

另外，沒加入對話的阿莉安德妮依舊掛在蒼的武器上睡覺，因為她的理念是不參與麻煩事。

「——話說回來，妳也差不多該起床了。」

「好痛。」

狂三捏了阿莉安德妮的臉頰，強制她起床。阿莉安德妮這才心不甘情不願地……一臉由衷厭惡地鑽出睡袋。

「好睏喔……」

「喂，妳們太慢嘍！我來啦～～奇幻世界～～！」

雀躍不已的響蹦蹦跳跳地前進。

「布會掉下來喔～～！」

響以V字手勢回應狂三的提醒。

「我有撐住，沒問題——————呀啊！」

該說不出所料嗎？響身上的布掉了下來，令她再次慘叫，蹲在地上。

環境變化如實。不知不覺間，廣大的草原擴展在眼前，明明沒有鋪路，街道卻綿延不絕。

「哇啊～～……好厲害啊。」

響一臉啞然地環顧四周。

「很厲害……嗎？」

「嗯，那是當然。因為如果蒼說的沒錯，這片草原是『只憑一個人的想像建構出來』的耶。雖然第十領域也有類似的地方，但寬廣的程度跟精細的等級簡直是天差地別。」

阿莉安德妮也對響的這番話點頭表示認同，並讚賞創建出這片原野的準精靈。

「的確了不得。草木、泥土，以及怪物。該說是妄想……想像力有點天馬行空嗎……算是腦子有點奇怪吧。」

「據說她為了實現她的幻想，以驚人的速度到各個領域收集靈力，因此招致許多準精靈的怨恨，畢竟算是一種恐嚇行為吧。」

「原來如此，真是瘋狂呢……」

「——說到這裡，我們到了。那裡就是最初也是最後的城鎮『荷伊魯』。」

蒼所指的方向的確如她所說，能看見一處石牆環繞的城鎮。

「喔喔，非常有模有樣耶～～典型的城鎮。」

「是嗎……」

響不斷點頭表示同意；狂三則是不太清楚典型的城鎮是什麼模樣，因此含糊地回應。

「有客棧嗎～～？」

「有，但必須先去冒險者公會。」

蒼冷漠地回應阿莉安德妮的要求。阿莉安德妮雖然「呿！」地咂了嘴，還是乖乖聽從蒼，邁開步伐。

而響則是感動得全身顫抖。

「狂三，好夢幻啊，這裡是奇幻世界呢……！」

「……妳未免也太感動了吧？」

「咦～～可是寶劍與魔法的奇幻世界不是女孩的浪漫嗎？一手持劍，一手施展魔法，隻身踏上冒險旅程，半路遇見一起冒險的同伴，一路打怪，宿敵登場，最後與魔王一決勝負！」

面對興奮得從鼻子呼氣的響，狂三露出一抹苦笑。

「沒有什麼共鳴呢……況且，我的武器是手槍啊。」

並非寶劍和魔法，而是手槍和魔法，狀況大不相同。

「別這麼說嘛。」

響拉起狂三的手，邁步奔跑。

「妳未免太有幹勁了吧～～」

狂三儘管嘆息，還是任由響拉著她跑。

城鎮的風景用一句話來概括，就是奇妙。宛如中世紀歐洲——「啊啊，響，中世紀的時代非常廣泛，最好再稍微具體說明一下。」——總之，就是很像中世紀的歐洲！不過，來來往往的準精靈自然是千差萬別。

一名負傷的準精靈氣喘吁吁地被抬走。遠方有煙升起，看來是戰場的負傷者正被送往這裡。

「話說，響，我想妳應該很了解，我問妳一個問題喔。」

「什麼問題？」

「冒險者公會是什麼？」

「……喔，喔喔。從這裡開始嗎……」

「我知道公會，我曾在西洋史的課堂上學過。像商人公會或是工藝師公會等，是指同業之間組成的組織吧？舉個有名的例子，像共濟會的前身就是石匠公會。」

「妳說的沒錯，是沒錯啦，但是有點不一樣！……………這個嘛，要從頭說明出乎意料地難呢！總之，先去看看吧！去了……應該就會知道了！」

狂三覺得響的回答很敷衍，但還是老實地跟在她後頭。

側眼看著鱗次櫛比的民房，在街上走了一會兒後，看見一棟特別大的建築物。雙開的門扉敞開，窗戶掛著寫上「歡迎大眾」、「歡迎光臨冒險者公會」之類的宣傳布條。

「看起來像是……工商會呢。」

「雖然宣傳布條有種把人拉回現實的感覺，總之先進去吧。」

現場的準精靈在她們踏進公會後，便同時將視線集中在狂三和響身上。

「那該不會是時崎狂三吧……？」「不會吧，是傳說中的精靈嗎！」「來冒險者公會，代表她要成為冒險者嗎？」「那她要負責那個任務嗎！」「老娘想跟她打一場！」「喂，有個傢伙說

話很不淑女喔。」「這個第五領域哪有什麼淑女啊！」「別管她們了，快繼續幫我回血……我快死了……」「啊，抱歉。好的，回血回血……我累了，可以換妳來嗎？」「是可以啦，我回血速度很快，但超級無敵痛喔。」「沒關係，換人換人。」「喂，妳們有考慮我的意願嗎？」

「……真是吵鬧呢……」

「不愧是狂三，時時刻刻都是眾人的焦點。」

「時崎狂三，過來這裡。」

先行一步的蒼招手呼喚狂三。一名準精靈站在類似市政府窗口的櫃檯，緊張得全身僵硬。

「啊啊，是櫃檯小姐……是櫃檯小姐耶，狂三……！」

「這有什麼好感動的？」

狂三完全不懂響感動的點在哪裡。

「歡、歡、歡、歡迎光臨（不、不、不、不要殺我，不要殺我）冒險者公會。這裡是處理那個，呃，就是……那個、那個事項。」

「……那個事項是指……？」

狂三歪頭表示不解。光是這個動作，櫃檯小姐就露出被殺三次的表情。

「註、註冊冒險者！處理註冊事項！」

「……狂三，為什麼她怕妳怕成這樣啊？」

「我怎麼會知道！」

面對響的白眼，狂三也忍不住猛烈抗議。這時，阿莉安德妮輕輕地舉起手。

「我想，應該是小蒼害的。」

「……妳說什麼？」

「？我只是在待在第五領域的時候熱情地訴說時崎狂三有多麼凶惡、殘暴、強悍、張狂，多適合成為世界最強的魔王罷了。」

「找到始作俑者了。」

狂三嘆了一口氣。怪不得櫃檯小姐的發言背後流露出乞求饒命的情緒。

「無所謂啦，總之妳們先註冊吧。」

「我有所謂啦……但還是得註冊。該怎麼做才好？」

狂三望向櫃檯小姐。她一臉泫然欲泣，但還是將放置在櫃檯的琥珀色水晶球推了出來。

「請、請將手放在這顆寶珠上，說『註冊』，就完成步驟，註冊為冒險者。每個新手的冒險者等級基本上都是從E開始——」

「是是是是，我要註冊，我要註冊～～～～！」

響呼吸急促地將手擱到寶珠上。

「……還真是毫不猶豫呢……」

「呵呵呵，這麼有趣又好玩的事，有什麼好猶豫的！來吧，我的狀態如何呢！」

HIBIKI HIGOROMO

緋衣響

等級 **13**　冒險者等級 **E**

第七靈屬

職業

遊人（可轉職）　副職業：製作人／麻將選手／商人
間諜／女僕／學徒／~~復仇者~~
靈裝：D〈漂白靈裝‧一三三番（Breeching Air）〉
無銘天使：B〈王位篡奪（King Killing）〉

能力值

力量：E
耐力：C（某種層面）
靈力：E
敏捷度：E
智力：D
成長性：C

技能

【麻將：B】【製作：S】【火場爆發力：S】【環境適應力：A】【學而不精：C】【逃脫憎恨：C】【惡夢的使魔：B】

「好爛的數字、好爛的職業、好爛的技能！」

響頹倒在地。蒼、阿莉安德妮與狂三也探頭窺視從寶珠浮現的立體投影，上頭顯示出響的冒險者狀態。

「嗯，果然慘不忍睹呢。」

蒼淡淡地如此斷言。

「至少還有成長性嘛，多少可以抱持一絲希望～～」

阿莉安德妮安慰道。

「……真有意思，感覺像是人生的縮影。」

而狂三則是深感佩服。復仇者的地方劃掉了，代表這個職業已經完成了吧。響的復仇已經結束，因此沒有意義。

「話說回來，不覺得職業是遊人太過分了嗎！」

響猛烈抗議後，櫃檯小姐便傷腦筋地皺起眉頭說：

「就算妳這麼說……這顆註冊寶珠會根據註冊的人過往所累積的經驗，自動選擇最適合的職業……」

「這樣搞得我好像是在各種領域幹了不少好事，遊手好閒的準精靈嘛！……不過，若是有人認同，我也無話可說就是了。」

「緋衣響，妳用不著擔心，馬上就能轉職。而且當遊人也有好處。」

「好處？什麼好處？能一蹴而就，變成賢者嗎？」

「人生可以很快活。」

「這好處太棒了呢，真是胡說八道！」

狂三悄悄摀住嘴角，放聲大笑可是關係到淑女的體面。

「……不過，冷靜下來重新檢視後，發現除了基礎能力外都不錯呀，尤其是技能。姑且不論【麻將：B】、【製作：S】，【火場爆發力：S】、【環境適應力：A】有利於生存。【學而不精：C】……反正也還算是有學習能力的……」

響看著自己的狀態嘀嘀咕咕地嘟囔。姑且不論基礎能力，櫃檯小姐看到響的技能方面都是十分稀有的能力後，也暗自在心中讚嘆她不愧是時崎狂三的手下。

「這個【逃脫憎恨：C】是什麼？」

「啊～～照字面解釋的話，應該是即使發起敵對行為也不會提高憎恨值吧……」

「是的，正是如此。緋衣響小姐只要不攻擊敵人，就不會提高自己的憎恨值，能減低被盯上的風險。」

響與櫃檯小姐說完，狂三再次歪頭表示疑惑。

「……話說，什麼又是憎恨值呢？」

「這樣啊，要從這裡解釋起啊。呃～～……妳可以想成是敵對心。也就是說，就算我遇見怪物，拿石頭扔牠，只要沒扔中就不會被攻擊。反過來說，牠會去攻擊其他人。」

「原來如此……」

時崎狂三一副似懂非懂的模樣，因為她過去幾乎跟這類奇幻世界八竿子打不著，頂多只讀過關於戒指的傑作大河奇幻小說，當然，小說裡並沒有出現什麼憎恨值或技能等詞彙。

「那麼，接下來換我註冊吧～～」

阿莉安德妮揮了揮手。

「哎呀，妳還沒註冊嗎？」

「我想跟大家一起註冊～～」

阿莉安德妮傻笑道。她那天真無邪的笑臉令狂三一時之間放鬆警戒。說來說去，她似乎也對現狀有些樂在其中的模樣。

「那我就……『註冊』啦。」

ARIADNE FOXROT

阿莉安德妮·佛克斯羅特

等級 99 冒險者等級 E

第四靈屬

職業

職業：支配者（Dominion） 副職業：靈線師（Quicksilver Stringer）

職業：睡眠者／繭居族／？？？

靈裝：C〈快眠靈裝・三〇番（Nightfall）〉

無銘天使：A〈太陰太陽二十四節氣〉

能力值

力量：D

耐力：B

靈力：A

敏捷度：E

智力：A

成長性：B

技能

【打盹：S】【操線：S】【戰鬥經驗：A】【支配力：B】【？？？：？】【？？？？：？】【？？？：S】

「嗚哇，簡直是怪物呢。」

響劈頭就直言不諱地如此說道。蒼看見阿莉安德妮除了力量和敏捷度以外全獲得高等級，也十分佩服地讚嘆。

「等級99是不是到達上限了？」

「99只是能調查出的上限值，實際上等級可能更高。」

「呃啊～～」

聽完櫃檯小姐說的話，響發出哀號。阿莉安德妮則是有些不滿的樣子。

「唔……從等級1開始依序提高等級，心情會比較暢快耶。」

「起點是99，有點難升級呢。不過，反正我們的目的地是高等級的怪物地帶，我想應該能快速升級。」

「這個『？』究竟是什麼呢？」

「呃，那個是保密狀態。寶珠會判定冒險者想隱藏的狀態，自動隱蔽，即使是潛意識想隱藏也一樣。」

「代表妳還有許多祕密嘍。」

「嘿嘿嘿，就當作是這樣嘍～～」

阿莉安德妮莞爾一笑。

「那也順便公開我的狀態吧。」

蒼如此說道，並把手掌放到寶珠上。

「『顯示』。」

TSUAN

蒼

等級 99　冒險者等級 A

第四及第十靈屬

職業

職業：重裝戰士　副職業：篝卦葉羅嘉的直傳弟子／聖騎士／偶像

靈裝：A〈極死靈裝・一五番（Brinicle）〉

無銘天使：A〈天星狼（Lailaps）〉

能力值

力量：A

耐力：A

靈力：B

敏捷度：A

智力：D

成長性：A

技能

【飛行：B】【提升肌力：S】【戰鬥經驗：A】【偶像：A】【火場爆發力（隨時）：A】【敵對者鑑定：A】【無銘天使熟練度・戰戟：S】【？？？：？】

「哈哈~~……簡單最好。幾乎都判定是高等級呢~~」

響一臉欽佩地探頭看蒼的狀態。

「呵呵呵，我可不是平白在第五領域歷經千錘百鍊的。」

「是的，即使沒有籌卦大人坐鎮，對抗白女王的戰線還能維持至今，都是多虧了蒼大人。」

「敬佩我吧~~（耍威風的蒼）」「遵命~~（叩拜的櫃檯小姐）」

「這個櫃檯小姐還真配合呢……呃，狂三？」

從剛才便沉默不語的狂三捶了一下手心。

「……啊啊，原來如此。『S』比『A』等級還高啊！」

「竟然是在思考這個問題嗎~~！」

「按照字母的順序排列，我以為A等級最高，S等級最低，結果跟我認知的有些不同……」

狂三恍然大悟地點頭道：「原來如此、原來如此。」

看見狂三傻里傻氣的模樣，阿莉安德妮邪佞一笑。

「該不會三三顯示出來的狀態其實沒什麼了不起吧？」

「怎麼可能~~我們家狂三耶！絕對會顯示出令人跌破眼鏡的狀態，一臉無辜地說：『哎呀哎呀，我又沒做什麼。』然後我想應該真的會幹出這種好事！」

「嗯、嗯。我認識的時崎狂三，一定會顯示出驚人的狀態。」

響和蒼莫名抱有極高的期待。其實狂三也認為能客觀檢視現在的自己擁有何種能力也不是一件壞事。況且，萬一判定出來的等級很低，狂三也不會介意，自己培育至今的力量和自信不會因此而崩潰。

「那麼，換我來。呃……『註冊』。」

狂三觸摸寶珠，吐出關鍵字。

……於是，除了狂三和櫃檯小姐以外，在場的三人各自如此思忖。

阿莉安德妮妥當地心想：

——我雖然嘴上這麼說，但她的狀態跟技能應該也是S級，到達上限的冒險者吧。

蒼暗忖：

——畢竟是時崎狂三，很有可能超越S級。這種情況下應該會顯示SS或SSS級吧。

而響則是對狂三寄予百分之百的信賴（？）心想：

——畢竟是狂三嘛……我只有預感事情會發展得很有趣～

就結論而言，三人猜想的好像對卻又不對。的確是達到上限、超越S級、數值十分有趣的狀態，不過也可說是看不出達到上限、不知是否超越S級、就某種意義來說非常乏味的狀態。

時崎狂三的狀態如下：

KURUMI TOKISAKI

時崎狂三

等級 去死去死死死死 **冒險者等級** ？

第三精靈

職業

帝沚的惡銃　副職業：我dr／流浪者

靈裝：？？？〈神威靈裝・三番（Elohim）〉

天使：無法理解解解解解解解解解解解解解解解解解解

〈刻刻帝（Zafkiel）〉

能力值

Power is：” ●☆§危#

耐力：errorrrrrrrrrrrrrrrrrrrr

靈力：異界

敏疌ノ：殺

智力：咒

戈長ノ：無窮無盡無窮無盡無窮無盡無窮無盡無窮無窮無盡無ㄐ

技能

【生　存：S】【殺　意：S】【殺　戮：S】【刻刻刻刻刻刻刻刻：S】【〈食時之城〉：虛】【偶像：S】【神：A】【惡夢：¶†U】【□□□：□】【□□□：□】【□□□：□】【□□□：□】【□□□：□】【□□□：□】【□□□：□】【□□□：□】【□□□：□】【□□□：□】【□□□：□】【□□□：□】【□□□：□】【□□□：□】

「超恐怖啊啊啊啊啊啊啊啊啊啊啊啊啊啊啊啊啊啊啊啊啊啊啊！」

響驚聲尖叫；阿莉安德妮嚇傻；蒼小鹿亂撞；櫃檯小姐昏倒。

而狂三則是瞠目結舌地低喃：

「……這是什麼？」

「我才想問咧！妳還真是一臉無辜地犯下令人驚心動魄的事件呢……應該說，所有狀態簡直是太可怕了……」

響望著寶珠顯示出的狀態，沉鬱地低喃。

「技能也是……感覺太過簡單，反而讓人覺得恐怖呢……」

阿莉安德妮也「嗯、嗯」地頷首表示同意。

「【生存】也就罷了，技能裡的【殺意】跟【殺戮】是S級，【神】是A級，至於【惡夢】甚至無法判定等級……說起來，這是一種什麼樣的技能啊……」

「只知道很恐怖而已。」

「已經超越恐怖，該說是狂亂還是褻瀆，根本就是詭怪案件了嘛。最好檢查一下SAN值吧？等級的『去死去死死死』真的超恐怖！只感覺到殺意！」

「整個狀態我都覺得恐怖。像是等級『異界』或等級『無窮無盡……』，技能〈食時之城〉的等級是虛也令人摸不著頭緒，但我敢肯定一定會發生可怕的事情……」

「技能很多，大部分都隱藏起來這一點也很可怕……？不對，是因為塗黑才更可怕。」

「總之，只能說不愧是時崎狂三。」

蒼擺出一副在後方默默支持偶像般的男友嘴臉冷笑道。

而當事人狂三則是獨自一人垂頭喪氣。

「我想要更正經一點的狀態～～……」

「死心吧，狂三。因為是妳，這也無可奈何吧。」

狂三決定先捏響的臉頰排解鬱悶的情緒，徹底無視響發出的慘叫聲。

◇

原本暈厥的櫃檯小姐好不容易站起來後，清了喉嚨。

「那、那麼，各位已經完成冒險者註冊。」

響將身子探向櫃檯。

「是的是的，已經完成了！」

「所以想立刻請妳們接受任務——」

「好耶、好耶，非常好！」

狂三拉了拉響的袖子。

「那個……這是指什麼意思？」

「就是成為冒險者的人必須接受一些像是打倒史萊姆、收集藥草這類的任務，努力不懈地提升冒險者等級。」

「提升冒險者等級有什麼好處呢？」

「變偉大！」

「這樣啊……」

「那個……各位，不好意思……想請妳們接下的任務只有一個。」

「……只有一個？」

「是的。我唸出來給妳們聽，呃……這個任務就是……『希望妳們潛入第五地下城「Elohim Gibor」，潛入空無的巢穴　難度S』。」

櫃檯小姐說完，所有人沉默不語，面面相覷。

這時，蒼呢喃了一句：

「對喔……我們正在跟白女王的軍隊交戰，差點忘了。」

「這麼重要的事情怎麼能忘。不過，我也興奮過頭，忘記了！」

「妳們兩個振作一點好嗎？像我就只是一時忘記罷了。」

「順帶一提，我也忘了……」

「那個，雖然我一介局外人這麼問有些不妥，妳們沒問題吧？」

聽櫃檯小姐這麼一說，響一把搶過接受任務用紙，說道：

「沒問題，交給我們！」

○踏上冒險之旅

說到「踏上冒險之旅」，當然有東西要準備。

「來準備裝備吧。必須佩帶武器或防具才能使用。」

「我已經佩帶完畢。」

「我也是～～」

「早就佩帶好了。」

「……我也是呢……武器和防具都裝備好了……不，機會難得，乾脆來換靈裝吧。換成團服來炒熱氣氛。」

響說完，狂三一臉疑惑地詢問：

「有必要嗎？」

「有，當然有必要，不服來辯啊。」

「好啊～～感覺可以換轉心情～～」

阿莉安德妮揮了揮手，難得發表積極的言論。

「我是無所謂啦，如果時崎狂三要改服裝，我自然是奉陪。」

蒼的眼神充滿期待。狂三嘆了一口氣，接受響的提議。

「真拿妳們沒辦法，雖然我沒什麼興致，但就隨妳們吧——」

狂三一行人走在城鎮的後巷，不久便抵達一間賣武器兼打鐵的店鋪。

「櫃檯小姐說這裡可以換靈裝……」

通常準精靈分配到的靈裝只有一件，只要在這個鄰界生活，一輩子都得穿同樣的靈裝。

不過，一直穿同一件靈裝對擁有少女情懷和外貌的準精靈而言，還是坐立難安。

因此大部分的領域都會改變靈裝的外觀。

狂三也曾在第九領域將靈裝換成偶像的舞臺裝，其實並不那麼排斥。

……本應是如此。

「那麼，大家來換靈裝吧！啊，狂三，我有幫妳挑了幾件衣服，請安心挑選。」

「完全沒有能讓我安心的要素啦～～……」

「哎呀，別這麼說嘛。快去換吧……」

響以流暢的動作將狂三推進更衣室。她已經完全學會如何應對狂三。

「那我們也來換衣服吧～～嗯～～……要挑哪一件好呢……」

「我不換也行……不過既然有這個機會，不換白不換。」

阿莉安德妮和蒼也不反對換衣服。不管擁有怎樣的特異能力和戰鬥力，一碼歸一碼，她們當然也喜歡穿漂亮的衣服。

片刻過後——

最先走出更衣室的是響。響似乎把自己定位為斥候，穿著輕裝的皮製胸甲和熱褲，頭髮用緞帶紮成馬尾。

與纖細健康的肢體相輔相成，看起來活脫脫是個好動的少女。

「大家，都換好了嗎～～？」

「好了～～我穿這件如何～～」

緊接著走出更衣室的是阿莉安德妮‧佛克斯羅特。看來她選擇了魔法師風格的服裝，尖尖的帽子搭配有些樸素的深綠色斗篷，以及十足魔法師裝扮的大手杖。

「喔喔，好適合妳喔。不過，妳的無銘天使跑哪去了？」

「安裝進魔杖裡了～～」

阿莉安德妮得意洋洋地旋轉魔杖。

「呵呵呵，換我展示了。」

發出「鏘啷」的厚重聲響出現的是蒼。她身上穿的並非平常的輕裝連身衣，而是白銀色的部分鎧甲，方便行動又兼具防禦力，而且重視華麗更勝粗獷。

Parts Armor

「喔喔，好帥喔……」

「嗯。簡直是現想中的我，聖騎士蒼。」

響和阿莉安德妮鼓掌。她的無銘天使〈天星狼〉依舊保持原貌，但因為鎧甲，簡直如擋下敵人攻擊又猛烈予以反擊的騎士般威風。

「小響妳是盜賊嗎～～？」

「請稱呼我為斥候好嗎？寫成斥候，唸成星探。這是我的堅持。」

「無所謂啦，倒是時崎狂三呢，時崎狂三是什麼風格？」

「啊，這個嘛，我有幫她選了幾套服裝——」

「讓妳們久等了。」

狂三發出優雅的聲音，同時拉開更衣室的簾子。

「呀～～！好美！好性感！不愧是狂三。」

「是的、是的。謝謝妳的誇獎，響。」

狂三笑容滿面。她身上穿的是金屬製內衣和內褲，說得簡單明瞭一點，就是俗稱的比基尼鎧甲。

幾近全裸狀態的服裝讓狂三的肢體顯得十分誘人。白皙的皮膚、形狀優美的「肚臍」、不鬆

弛但肌肉量也不過頭的大腿。

雖然是自己展現出身材，但響的反應還是令狂三感到火大，決定給她一槍。

「呀～～！不過真是大飽眼福～～！太讚了～～！」

響「咚」一聲顛倒在地。狂三瞥了她一眼，清了一下喉嚨。

「哎，以我的個性穿這樣是不會害羞。雖然不會害羞，但這套服裝看起來實在太誘人，我還是去換別套吧。」

狂三進入更衣室準備換穿下一套服裝。

「那我來試穿這套比基尼鎧甲吧。」

「……小蒼妳嗎？」

「我要穿這套迷死時崎狂三。」

「……這樣啊，加油。」

◇

下一套服裝是占卜師。強調身材曲線的薄衣搭配面紗，缺點在於因為手持〈刻刻帝〉代替水晶球，說是占卜師感覺卻有點危險。

「好性感！」

響感動得一邊抽泣一邊如此吶喊。

「是呀。不過衣服輕飄飄的，感覺不方便行動。換下一套服裝。」

◇

第三套服裝是小惡魔。貓耳般的尖帽，搭配薄束縛緊身衣及迷你裙，還加上尾巴跟翅膀當作配件。

「真是性感到了極點呢……」

響用面紙按住鼻血，說著這種蠢話。

◇

「……事情就是這樣，選擇這套比較妥當吧。」

最後狂三選擇該稱為暗黑槍士而非暗黑劍士的風格。漆黑的手甲、分成赤黑兩色的板金鎧甲防禦身體各個部位，並襯托出狂三優雅的美。

連改造她靈裝的鐵匠都讚不絕口。

「好可愛！好性感！」

「包得那麼緊，哪裡性感了……？」

「咦，沒有啦，狂三妳基本上就是很性感啊……痛痛痛痛！」

這個準精靈把人當成什麼啦？狂三暗自嘆息道：真是受不了她……

「……時崎狂三……果然是我最棒的勁敵……」

而蒼則是在阿莉安德妮的背後獨自懊悔。

「雖然不太符合奇幻世界裡的形象，但以這副打扮當槍手也不壞。」

狂三輕聲笑道。

「可是，我個人認為偶爾換穿比基尼鎧甲比較好。」

「響，請妳自重。主要是妳整個人生。」

響擺出一副「這個想法真不錯」的跩臉，於是狂三擰了擰她的臉頰。這下她應該會暫時安分一點吧。

之後，狂三一行人順道去生活雜貨店購買幾樣食物或繩索等必需品，然後前往目的地第五地下城「Elohim Gibor」。

「呃……話說，響，我問妳一個問題喔。」

「？好啊好啊，什麼問題呢，狂三？」

「…………什麼是『地下城』？」

響聞言，不禁停下腳步，啞然無言地回頭望向狂三。

「莫、莫非妳不知道？」

「是的，完全沒概念呢。我還以為是哪裡的建築物名稱……」

「我想想喔……所謂的地下城，簡單來說就是地下迷宮。妳知道希臘神話克里特島的牛頭人所在的迷宮嗎？」

「啊啊，原來如此……」

狂三雖然不了解奇幻世界，希臘神話倒是略知一二。

「第五地下城位於第五領域，是最廣大且最危險的地下迷宮。會出現滿坑滿谷的遊蕩怪物，阻擋住通往第三領域的通行門。」

「妳的意思是，第三領域的通行門就位於第五地下城嗎？」

「嗯。問題在於第三領域的通行門附近設有傳送陣，女王的軍隊就是利用它來到第五領域的地上。」

「咦？那麼，只要攻下那個地上傳送陣不就好了？」

響說完，蒼搖頭否定：

「沒用的，不管摧毀幾個地上傳送陣，立刻又會形成新的傳送陣，數量也很多。不斷絕來源，永遠沒完沒了。」

「原來是這樣啊。」

空無軍團從第三領域的通行門侵入第五領域，利用位於地下城最底層的傳送陣將自己傳送到領域地上的複數傳送陣之一。

即使摧毀地上所有傳送陣，只要再製造新的傳送陣就能捲土重來。

因此，必須破壞第三領域的傳送門與門旁的傳送陣才行。

「……話雖如此，除了我以外的三人應該還不習慣這個第五領域的法則吧。只能在潛入地下城的途中慢慢提升等級了。」

「蒼，等級那麼重要嗎？」

「當然。就算時崎狂三妳再怎麼強，在第五領域重視的是等級。只要等級上升，就能習得各種技能，也能提高職業的熟練度。在第五領域，這是『收集力量的有效手段』。」

「……嗯嗯～～？這話是什麼意思～～？」

「如同第九領域是以聲援S級偶像來收集靈力，在這個世界注重的則是不斷打倒怪物來提升

等級。」

「喔喔。」響總算明白。

「真的跟奇幻世界一樣呢。」

「……我聽得一知半解，總之，只要打倒怪物就可以了吧？」

「這麼理解沒錯。好了，大家一起踏上冒險之旅吧。」

蒼舉起右手，語氣淡然地如此說道。她本人似乎已滿心雀躍、興奮不已。

「冒險……」

狂三怔怔地吐出這句話。以往也算是冒險之旅沒錯，但有別於過去的旅行，這次她的內心感到有些雀躍。

雖不像響那樣對奇幻世界瞭如指掌，心中仍感到激動。勇敢的英雄、被囚禁的公主、殘暴的魔王，儘管像孩童一樣幼稚，但每個人心中都會作這種英雄夢。

……當然，狂三可不打算成為被囚禁的公主。

話雖如此，似乎也不太適合當勇敢的英雄。這樣的話，剩下的只有魔王。

為了達成目的，就算幹盡慘無人道的壞事也在所不惜。

狂三想成為那樣的魔王。

「妳怎麼了？」

「沒有沒有，我沒事。」

先別告訴響吧……否則她肯定會嘲笑自己。

狂三一行人走在大馬路上，不久便走出外圍的圍牆。在蒼的帶領下，直接前往北方廣大的森林。

森林的入口有一間小木屋，以及一群疑似守衛的少女。她們認出蒼後，連忙向她敬禮。

「您辛苦了！」「您辛苦了！」

「嗯。」

蒼回應呼喚，告知她們一句：

「我是篝卦葉羅嘉的直傳弟子蒼，準備攻占第五地下城。」

「了、了解。您的同伴……沒問題嗎？」

「沒問題。雖然有一個廢物在，但我們三人可以照顧她。」

「蒼，請問妳說的廢物是指我嗎？」

響舉手發問後，蒼便點點頭。

「職業是遊人……」「等級又低……」

面對蒼與阿莉安德妮的指摘，響咬牙切齒地拉了拉狂三的袖子。

「狂三、狂三，妳幫我說說話啦！說一些我的優點！長處！有用的地方之類的！」

狂三清了喉嚨，莞爾一笑道：

「響非常聰明、非常有勇氣、非常厚臉皮、求生意志非常強、非常幽默。」

「妳這是褒還是貶啊！」

「我很坦率地在誇獎妳呢。」

狂三是真心讚美響。該怎麼說呢……感覺響無論陷入何種狀況都依然生龍活虎，總是精神百倍、吵吵鬧鬧，黏在狂三身邊打轉。

「……我是在誇獎妳呢。」

「唔，那就當作是誇獎吧！」

響立刻恢復好心情，開懷大笑。

「已經有十多支隊伍潛入這個第五地下城……不過，別說尚未返回，甚至沒有用心電感應報告狀況。」

「……這樣啊。」

「心電感應？不能用手機通話嗎？」

「不能。在這個第五領域沒辦法使用手機，畢竟是奇幻世界嘛。」

「原來如此，奇幻世界啊～～那也無可奈何……」

「只要戰鬥經驗豐富，就能學會心電感應這項技能。」

「啊，該不會是點數制吧？透過戰鬥來集點嗎？」

「沒錯。」

響與準精靈的對話讓狂三聽得一頭霧水，於是她拉了拉響的衣服。

「響，什麼是點數制？」

「我想這個奇幻世界應該是打倒怪物後會累積經驗值……類似點數的東西，再利用它來學習技能的這種類型。」

「？？？」

狂三滿腦子問號，歪了歪頭，表示有聽沒有懂。

「唔！好可愛。呃，不對……我想妳實際體驗過應該就能理解了。」

「交給緋衣響說明吧。我理解歸理解，卻不太會解釋……好，那我們就出發吧。」

「路上小心。」「祝妳們好運。」

站崗的準精靈們深深鞠躬後，目送一行人離開……無人歸來，甚至無人利用心電感應傳來報告。自從白女王的手下空無軍團侵入，便完全無法進行探索的黑暗地下迷宮。

可是，如果不深入地下迷宮，空無便會不斷從第三領域侵略。第五領域的未來就掌握在她們手中。

準精靈們只能祝前往地下城的她們好運。

……不過就算運氣好，這個地下城也充滿著將好運吞噬殆盡的怨念。

◇

響與蒼並肩走在前方，狂三與阿莉安德妮則跟在她們後頭。

「啊～～原來如此、原來如此，不需要經由公會或神殿就能轉職啊。」

「沒錯、沒錯。只要從狀態視窗點選職業就行了。」

「說的也是呢。那麼……開啟狀態！好耶，真的打開了！」

響興奮地歡呼。她的身旁出現一個半透明的淡視窗，上頭記載著她的技能和職業等資訊，和在冒險者公會閱覽過的內容相同。

狂三本想跟著叫出自己的狀態，後來還是作罷，因為她不太想看見那詛咒般的狀態。

響邊走邊說：

「我看看喔，總之先把職業【遊人】換成……【遊俠】好了。」

「選【遊俠】的話，整體而言比較適合野外，若想習得有利於探索地下城的技能，我建議選【探索者】比較好。」

「喔，了解……職業選擇分得很細呢……那我先轉職成【探索者】，選取自動習得技能和……勾選獲得技能……察覺陷阱的技能也能發現寶箱的陷阱嗎？」

「能。不只能察覺到人工的陷阱，也能察覺像是一不小心就可能跌倒的地面坑洞，先選起來比較好。」

「了解～～先選起來～～……啊，原來如此，有種能察覺到的感覺。」

「希望緋衣響妳能趁現在提升熟練度。我也擁有察覺陷阱的技能，但在戰鬥時無法分心。」

「好的、好的～～交給我吧～～」

響興致勃勃地拍了自己的胸脯。狂三用手肘輕輕撞了撞阿莉安德妮，問道：

「那個……剛才響跟蒼的對話是什麼意思呢？」

不明白，一點都不明白。

「唔～～……其實我也不太會解釋耶……」

阿莉安德妮也不怎麼精通奇幻世界的知識，只能大概理解是什麼意思。

狂三愁眉苦臉地發出低吟。感覺輸了響（偏偏是響）一大截，真是不甘心。

「狂三，妳怎麼了？」

「我～～一～～點～～事～～都～～沒～～有～～」（幹嘛突然捏我）

「安哈呼安耶偶！」

狂三決定捏響的臉頰來洩憤。

「……也就是說，獲得的技能會越用越強。就像蒼【飛行】得越熟練就會飛得更快更高。」

「那個，我的技能是……」

「狂三妳嘛……那個……我不知道……妳的技能有點……超越人類的理解，像是某種褻瀆性的宇宙根源之類……該怎麼提升技能呢……應該說，到底要怎麼做才能獲得那種技能……」

「……唔～～……」

感覺被排擠了。

「總、總之，先打怪吧。假如蒼說的沒錯，這裡是最高難度的地下城，想必能快速提升等級和技能！」

「說著說著，怪物就出現了。大家，拿起武器。」

聽見蒼說的話，響連忙望向前方。黑暗深處的確能感受到「某種生物」的氣息。

「一開始打的怪物，應該是哥布林之類的吧！」

蒼聞言，一臉疑惑地皺起眉頭。

「咦？妳一臉『這女人在說什麼蠢話』的表情是怎樣？」

「緋衣響，妳在說什麼蠢話啊。」

「還真的說出口喔！可是，哥布林不是基本嗎？還是等級更高的獸人？」

「這裡是第五地下城，最凶惡瘋狂的怪物棲息的地域。哥布林或獸人只會在初級地下城出現，這裡會出現的是——」

蒼伸出食指指向地下城的深處，指尖便發出亮光。

「【光魔法】『光球』。」

光球飛起，照耀四周。響驚聲尖叫：「呀啊！」

「首先第一階層是高等惡魔。能抵抗火系、冰系、土系、風系和暗系技能，反射光系技能。身體也很耐打，要是牠用毒爪橫掃攻擊，大概一擊就能殺死妳，三擊就能讓我陷入瀕死狀態。」

「嗚哇～明明是初學者，卻突然被扔進適合高級冒險者攻打的地下城～」

「我帶頭，麻煩時崎狂三和阿莉安妮德支援！」

當蒼要邁步奔跑的瞬間，懷錶響起了「喀嘰」刻劃時間的聲音。

「咦？」「什麼？」「唔？」

三人各自發出不同的驚愕聲。

「〈刻刻帝〉——【七之彈】。」

殘暴又強壯的大惡魔Greater Demon。滴著口水凶惡地露出獠牙，正要撲過來的超高等級怪物停止了動作。

「看來我的【七之彈】對怪物也有效呢。接下來只要不斷射擊就解決了。」

於是，狂三以開外掛等級的猛烈射擊輕而易舉地消滅掉高等惡魔。

「……那個，狂三。」

「什麼事？怪物的話，我已經打倒了。」

「是沒錯啦，那個……希望妳可以留一點餘韻之類的……」

「有必要嗎？」

「妳看，蒼在那裡鬧彆扭了。」

「本來想讓時崎狂三看看我超帥氣的表現耶……結果……」

蒼在地下城的角落用手指畫圈圈。

「話說回來……在奇幻世界裡，狂三一樣很強呢。」

聽見響說的話，狂三得意洋洋地撥了撥頭髮。

「喔，喔喔，好誇張。我只是在一旁呆呆地觀看，就上升了6個等級！」

響開心得跳起來，向狂三展示自己的狀態。的確如她所說，她的等級從13上升到了19。

另外也浮現「技能點數：6」的新標示。

「而且果然獲得了技能點數。蒼～～有6點耶，妳要怎麼用？」

「嗯嗯，還是像個斥候，用來學習【暗視】或【遠望】等技能吧。」

「不需要學習戰鬥系技能嗎？」

「不需要。在這個地下城，緋衣響再怎麼學都沒用。」

「唔唔，真狠毒。不過，妳說的也是事實啦～……沒辦法，還是照慣例拿來學習對狂三有幫助的技能好了。」

「哎呀，這樣可以嗎？」

響似乎精通奇幻世界的各種知識。那麼，她自己本身應該想當英雄吧？用不著非得擔任輔助狂三的角色。

響像是看穿狂三的心思，微微一笑。

「沒關係，是我願意這麼做的，完全沒問題。我看看喔……哦，竟然有【女僕】這種技能，先選下來再說。」

「有各種技能呢。我瞧瞧，我有什麼技能呢……哎呀，零點？我沒辦法獲得任何技能嗎？」

「時崎狂三妳的等級出現BUG，大概沒辦法獲得技能點數。熟練度會越練越高，所以盡量打怪吧。」

此時，傳來了「喀鏘喀鏘」金屬摩擦的聲音。響率先聽到後告知：

「狂三，好像有新的敵人來了！」

「喔，這裡就交給我吧～」

阿莉安德妮上前一步。

「機會難得，就順便施展個魔法吧。我想想……先從初級的開始。『火球』！」

語音剛落，魔杖前端便產生排球大的火球。以亞音速發射的火球直接擊中發出響亮聲音攻擊而來的敵人。

敵人的頭部應聲粉碎。

「呃～～……剛才的是骷髏吧？」

「會在這個地下城出現的骷髏，不是巫妖就是阿修羅骷髏。剛才的……大概曾是巫妖。」

蒼傻眼地聳了聳肩說道。之所以會說「曾是」，是因為巫妖已經氣絕身亡，頭部消失，煙消雲散。

「阿莉安德妮．佛克斯羅特，支配者果然不是白當的。」

「……蒼，用初級魔法可以殺死巫妖嗎？」

「通常殺不死，所有魔法對巫妖的殺傷力都不大，不可能因為中了一記『火球』就死掉。照理說是不可能的……應該有什麼祕密吧。」

「嗯～～……要我公開這個祕密也行。我想大概是因為我的技能有【全貫通：S】吧～～」

阿莉安德妮如此說道，開啟狀態。正如她所說，【全貫通】這項技能的等級標記著S。

「嗚哇，這技能看起來超稀有的。我猜應該是破除怪物的防禦力，讓攻擊一招致命吧。」

「大概是吧～～」

「嗯。看來我們三人應該能突破第五地下城呢。不過，我要提醒妳們一件事。」

蒼難得露出邪笑說道：

「這個第五地下城共有十層，『越往下層，怪物的等級就越高』。千萬要小心，並且卯足全力挑戰地下城吧。」

蒼說完，狂三和阿莉安德妮點了點頭，唯獨響一人臉色發青。

「那個……現在就已經超出我能應付的等級了……我撐得下去嗎……」

蒼拍了一下響的肩膀，溫柔地低喃：

「緋衣響……妳有遺言要交待嗎？」

「沒有啦。拜託大家全心全力地保護我，求求妳們了！」

◇

——第五地下城「Elohim Gibor」第二層。

光是下降一層，攻擊力便變得十分猛烈。首先，高等惡魔開始分顏色。

紅色是火、藍色是冰、綠色是風、褐色是土，各自恣意詠唱最高級魔法，一般攻擊也能造成

包含燒傷、凍傷、切傷等各種異常狀態。戰鬥拉得越長，對狂三這一方越不利。

另外，從第二層開始，聽到戰鬥聲的怪物變得特別多。即使是在地下城的角落開戰，經過十分鐘後，這一層的所有怪物便會聽到戰鬥聲而前來增援。

而且樓層本身也有設置機關，像是地洞、旋轉地板、天花板掉落等各種惡毒的陷阱——

「喝！」

「嘿咻！」

「看我的！」

時崎狂三、阿莉安德妮和蒼輕而易舉便閃過陷阱。

「【暗視】和【遠望】越用越熟練了，繼續努力下去。」

蒼一稱讚完，響便露出僵硬的表情笑了笑。剛才響俯視的，是只要向前踏出一步便會立刻喪命這類的陷阱。陷阱內布滿無數強韌的細線，一旦掉落便會碎屍萬段。

「哎，多虧這些技能，讓我把這片黑暗從頭到尾看個仔細……我越來越害怕自己了……啊，我一直很好奇，這些能力可以一直使用下去嗎？能隨意獲得這種技能，也難怪第五領域的準精靈會這麼強了。」

「有分永遠學會的技能，跟離開第五領域便會消失的技能。我的【無銘天使熟練度・戰戟：S】就不會消失。不過，像阿莉安德妮使用的魔法就不能在第五領域的幻想區域以外使用。」

「唔唔，真可惜。虧我還覺得施展魔法挺有意思的呢～～」

阿莉安德妮一臉遺憾地揮舞魔杖。她現在已經將四大魔法（火、水、風、土）練到爐火純青的地步。

「我問一下……第五領域流淌的靈力之所以會凌亂或貧瘠，應該就是這個原因吧？因為這個魔法顯然是使用靈力產生的吧？」

狂三從剛才就一直覺得很奇妙。阿莉安德妮每次使用魔法，靈力便會開始不穩定。感覺從她們三人周圍的空間吸收了什麼又隨後吐出。

狂三在第九領域也有過類似的感覺。沒錯，當她身為偶像唱歌跳舞時，的確有種觀眾釋放出的靈力被自己吸收的感覺。

不過，第五領域的感覺更加強烈，強烈到每次打倒怪物都必須大口深呼吸的程度。

假如這是吸收靈力所造成，也難怪第五領域的靈力會大亂，成為不毛之地了。

蒼聞言後瞠目結舌，片刻後捶了一下手心。

「搞不好是耶。」

「……第五領域的準精靈在搞什麼啊？」

響忍不住翻白眼吐槽。其實另有原因，只是她們無從得知。

「可是啊，魔法很好玩耶～～拜此所賜，我從剛才就一直獲得魔法技能～～」

阿莉安德妮樂在其中地揮舞魔杖。平常睏倦想睡的她依然精神百倍。

而狂三則是看著上述詛咒般的狀態畫面，發出低吟。

「妳怎麼了？」

狂三難得露出苦惱的表情，求助於響。

「噢，我也終於累積到技能點數？想把它用掉……但不知道該怎麼操作。」

雖然起步比其他三人慢，但打怪打著打著，狂三似乎也慢慢獲得了分配到的技能點數。已經十分熟悉的響從狂三背後探頭看她的狀態畫面，指示她操作。

「哦，妳也終於累積到點數了嗎？妳先試著觸碰點數的地方，應該會顯示出能獲得的技能一覽表。」

「是點這裡……對吧？」

狂三戰戰兢兢地觸碰狀態畫面。

於是畫面切換，顯示出狂三能獲得的技能。

「……沒看見像阿莉安德妮小姐那樣的【火魔法】或【光魔法】呢……」

「能獲得的技能終究是按照本人的特性來判斷……換句話說，時崎狂三妳……」

蒼含糊其辭。也就是說，狂三沒有使用那類魔法的特性。

「我明白了……唔……」

「按照慣例，這時會出現冒險者看輕狂三說：『呀哈哈！竟然連基本魔法都不會用啊～～』……不過，假如有這種人出現，應該會從這個世界上消失吧……」

「會物理性地消失。響，妳要試試看嗎？」

「呀哈哈！放過我吧！」

狂三清了一下喉嚨表示「離題了」，再次觀看自己能獲得的技能。在幾項技能中，也能看見一些響她們獲得的技能。

「狂三，妳要不要選【暗視】？畢竟妳主要的技能是射擊……奇怪？不過第二層明明暗得伸手不見五指，妳也百發百中呢。」

「【暗視】啊……不知為何，我在這片黑暗中也看得一清二楚，所以用不著。」

「嗯～～……我想應該是被合併到【生存】、【殺意】、【殺戮】這類技能中了吧？」

阿莉安德妮探頭看狂三的狀態畫面。

「啊～～合併技能啊！很有可能喔～～」

「響、響，解釋一下……」

「我們必須慢慢獲得像【暗視】或【遠望】這類用途分很細的技能，但妳的【殺戮】這類籠統的技能應該包含了全部細項。」

「……也就是說，我沒有必要獲得【暗視】這項技能嘍？」

「應該是。比起是否有用，獲得妳覺得有趣的技能或許比較好喲。」

「唔嗯。既然如此……可是……唔唔……」

狂三擺動手指，猶豫不決。

「想不到妳個性還挺優柔寡斷的嘛，狂三……」

「因為我不知道該選哪一種技能才好呀……」

響心念一轉：狂三跟當偶像時一樣不擅長這方面的事，那只好由自己出面指點迷津嘍。

指點迷津？……感覺有種優越感呢。響自嘲地如此心想。與其說優越感，應該是滿足感吧。對現在的自己來說，能幫上時崎狂三的忙無疑是最開心的事。別人聽見了，大概會認為自己是犧牲奉獻或依賴。

……不過，響認為這樣也無所謂。無論是依賴還是瘋狂崇拜，只要能對狂三有所助益，自己便無比欣喜。

即使離別的腳步越來越近。

響發現自己越來越重視她的存在。

「響？」

「──啊，抱歉。我想想妳要選哪種技能。」

感覺作了一會兒夢，響連忙將思緒拉回現實。

「這個嘛……啊，【闇魔法】如何？」

「……形象不會很差嗎？」

「是沒錯啦，不過確實是魔法啊。況且，闇比光更黑暗更帥氣吧？」

「響，妳似乎沒有自覺，那可是修羅之道喲。」

狂三難得露出擔心響的表情，認真訴說。

「唔咦？」

「聽好了，年輕人往往會被黑暗、繃帶、眼罩這類東西吸引，可是，沒錯，即使如此，一旦陷入便是無底深淵喔。我絕對絕對沒有摻雜個人的情感在裡頭，勸妳千萬別向別人主張闇比光帥氣這種想法！」

狂三滔滔不絕地說；一行人啞然無言地在一旁注視著她。

「……不好意思，我失態了。」

在一陣尷尬的沉默中，響率先舉手發問：

「那個~~……所以，選【闇魔法】如何？」

「好的，這下子我也是魔法師了呢。」

「以時崎狂三妳的打扮來看，應該說是魔法劍……不對，是魔法槍手才對。」

「無論如何，只要能使用魔法，我沒有意見……我看看，只要按這裡就好了吧。」

狂三戰戰兢兢地用手指觸碰顯示【闇魔法】的部分。

『要取得闇魔法嗎？YES／NO？』

狂三猶豫了一會兒，小心翼翼地觸碰YES。

隨後，感覺自己周圍有些紛亂，像是空氣被攪拌弄亂似的。

「恭喜妳，狂三！這下子妳也成為闇魔法師了。快點施展魔法看看！」

「好的……呃～～該怎麼施展呢？」

「妳的技能等級只有E，所以只能使用『暗球』，是利用黑暗的球體來進行攻擊的基本魔法。剛好敵人來襲，試試看吧！」

響輕輕撫上狂三的背。

「先把〈刻刻帝〉收起來。沒錯。然後將靈力集中在指尖……妳明白怎麼做吧？」

「明白，沒問題。」

狂三的指尖產生一顆棒球大小的球體。球的顏色黑得融入地下城的黑暗深處之中，難以分辨，質感十分奇妙。

「然後，以投球的要領……應該說，用念力操作，想像它飛向對面的感覺。」

「呃～～將力量集中於指尖……想像……詠唱『暗球』……喝！」

狂三的指尖產生的「暗球」朝新來的怪物（用兩腳步行的鯊魚頭怪物）襲擊而去。

『GYAAAA！』

「哎呀，打不死呢。」

「畢竟妳【闇魔法：E】，也沒辦法。不過，威力滿強的，怪物飛得好遠……」

剛才的魔法是初級魔法，照理說只有在遊戲開始時打敗嘍囉怪物的破壞力。

然而，直接受到攻擊的鯊魚頭卻陷入恐慌，來回走動。看來「暗球」被賦予能造成異常狀態的「黑暗」。

「所以，盡量使用闇魔法吧，如此一來不僅能提升技能，也可以學會各種魔法。怪物在那裡！不能因為嫌麻煩就用〈刻刻帝〉處理喔！」

連續發射「暗球」依然打不死怪物，令狂三十分煩躁，打算使用〈刻刻帝〉轟掉鯊魚頭。

響制止狂三，難得訓斥：

「魔法就是要不斷使用。狂三，難得有這個才能，不讓它進步就吃大虧了！」

「……我知道了。話說，蒼，【闇魔法】還有哪種魔法可以用呢？」

「我對魔法沒什麼興趣，只知道最初級的『暗球』。只要提升技能就能自動學會其他魔法，所以盡量使用就好。」

狂三不禁唉聲嘆息。

剩下八層，前路遙遙，慢悠悠地提升技能——有點不符合自己的個性。狂三希望自己無時無刻不全速奔走。

更何況如今危機迫在眉睫，白女王圖謀不軌，空無大軍正在侵蝕第五領域。

理應全力奔馳才對。

「好了，狂三，慢慢來，循序漸進！」

難得學會了魔法，或許稍微放慢腳步也不錯。

狂三看著樂在其中的響，如此思忖。

◇

狂三刻意封印〈刻刻帝〉，與阿莉安德妮一起專心提升【闇魔法】的技能。

「我上升到D等級了，增加了三種闇魔法。我看看，是『暗盾』、『黑暗感染』和『重力』……呢。」

不過，不知道有何種效用。因此狂三用〈刻刻帝〉射穿隨後出現的怪物，當作實驗白老鼠。

「妳真的很過分耶！」

「以策安全嘛～～」

「呼……如此冷酷無情，不愧是時崎狂三，我永遠的對手。」

各種怪物成為寶貴的實驗體，結果終於弄清楚這些技能的效用。

「暗盾」：將黑暗硬質化，作為盾牌。足以抵抗光魔法以外的四大魔法，唯獨不耐光魔法。

「黑暗感染」：讓敵人感染「黑暗」，導致異常狀態。能大幅降低感染對象的回避率和命中率。隨著【闇魔法】技能提升，可以提高成功率和降低的幅度。

「重力」：導致「加重」的異常狀態。能降低對象的回避率和敏捷度，不斷造成輕微損傷。

「唔～～這些魔法還真有【闇魔法】的感覺呢……果然很多狀態異常系的魔法。」

「是啊，真不錯。我的子彈也屬於那類東西。」

狂三心滿意足地點了點頭，認為闇魔法的確符合自己的特性。

那或許被稱為陰險或暗算，但在戰鬥中削弱對方並澈底將之擊潰是必要的。

「『暗球』也隨著技能等級提升而加強了威力呢，能同時攻擊複數目標。」

「不過，感覺還是用〈刻刻帝〉解決敵人比較快……」

「假如繼續提升到A級，『暗球』的破壞力搞不好會超越〈刻刻帝〉喲。」

「如果真是這樣，我的心情也會挺複雜的……」

狂三還是希望自己的天使比較強。

「對了～～三三妳的〈食時之城〉對怪物有效嗎～～？」

阿莉安德妮突然想到似的如此詢問後，狂三便予以否定：

「不，其實我一開始有試過，結果沒效呢。照理說，應該能像吸取妳們準精靈那樣吸取時間，可能是抵觸到這個領域的法則，無法從怪物身上奪取靈力。」

「一開始就機靈地嘗試過，還真像狂三的作風呢……」

響暗自心想：這個人，不對，是這名精靈，基本上對敵人不只是冷血無情，根本就把他們當障礙物（路邊的小石子）看待。因為是小石子，看是要踢飛、破壞還是沉進水溝都無所謂。

「原來如此……可能跟技能中〈食時之城〉的等級顯示為虛有關吧。雖然對準精靈有效，對怪物卻行不通。」

「咦？這樣的話，是不是就沒辦法回復〈刻刻帝〉了？」

〈刻刻帝〉在發射錶盤數字的子彈時，會消耗時崎狂三的靈力和「時間」。因此，連續大量射擊會耗盡時間。

時間一旦耗盡……便意味著死亡。

「平常射擊〈刻刻帝〉倒不礙事，但最好克制射擊像【一之彈（Aleph）】或【七之彈】這類子彈。」

消耗掉的時間當然有辦法回復，只是目前必須長時間待在地下城，既然無法確立定期回復的方法，還是減少使用次數比較保險。

反正剛好能提升技能等級。

狂三必須再精進一下【闇魔法】。

「話說回來，『暗球』有點太簡單了吧……【光魔法】也有『光球』。」

「……？淺顯易懂，很好啊。」

「不覺得招式名稱取得更帥氣一點比較好嗎，蒼？比如說，『暗球』……改稱為……『闇暗蒼球』之類的……」

「響，『闇』跟『暗』讀音一樣，蒼球應該是蒼穹的諧音吧，但是運用得並不巧妙。要是用這種名稱施展魔法，遲早會後悔喲。不，不用遲早，立刻就會後悔。拜託妳不要再深入修羅之道了，我說真的。」

「妳好像情緒非常激動，一氣呵成罵得很順口耶！」

狂三心有戚戚焉。雖說是分身，那令人懷念又悲哀的過去依然鮮明地留在腦海。自己絕不會再重蹈覆轍……大概……應該吧！

「那麼，差不多快到第三層了……階梯前應該有魔王在。」

「啊～～地下城的慣例吧。樓層魔王，果然很強嗎？」

「滿強的。這一層的魔王是……我想想…………叫什麼來著…………」

蒼歪過頭。

「妳好歹記一下名字啦，之後的路不好走耶！」

「我知道。我想起來了，第二層的魔王是米諾陶洛斯。」

「米諾陶洛斯，是牛頭人……」

「沒錯。正確來說——是三頭米諾陶洛斯。」

「原來如此，有三顆頭是吧。」

「響、響，有三顆頭會怎麼樣？」

「唔。」響無言以對。的確，有三顆頭會怎麼樣呢？大概會比普通的牛頭人強一點吧。

「……聰明三倍……之類的……」

「還真是個強敵呢。那我就鼓起幹勁，拿出真本事應戰吧。」

響突然有種不祥的預感。

牛頭人這種怪物在奇幻遊戲或小說中被視為強敵。可是，狂三等人在這第二層幾乎是無往不利。

一般的樓層魔王當然比嘍囉怪物強。

強歸強，那終究是能過關程度的強。像是擁有複數導致狀態異常的招式、能抵抗各式各樣的攻擊，或是擁有特殊攻擊跟環境優勢等。

……三頭米諾陶洛斯。

從這個名稱可以輕易想像出是什麼怪物。大概是像阿修羅像一樣，擁有三顆頭吧。

而關於米諾陶洛斯本身，大多都將牠描述成手持斧頭、肌肉發達的怪物。也就是說，是力大無窮的彪形怪物。

響並非害怕戰敗，而是感覺事情會出乎自己意料。

◇

預感成真。

「GYAAAAAAAAAAAAAAAAAAAAA！」

「……」

「……」

「……」

「……啊～～……那個……沒兩三下……就死了耶……」

響尷尬地開口。

「呃～～因為牠衝過來，三三和我就分別用『暗球』和『光球』迎擊～～打得牠搖搖晃晃時，小蒼再給牠一記猛拳～～然後……牠的頭就被轟飛了……」

「——可、可是，牠說『我還有兩顆頭』，馬上復活。」

「所以我就瞄準牠的頭，施展『黑暗感染』，順利讓牠中招，搞不清東西南北，摔了個狗吃屎……」

「然後，蒼再擊碎牠剩下的兩顆頭，就這麼掛點了呢……」

前前後後只花了約一分鐘打怪。第二層過關。

「——好了，第二層過關，通往第三層的門開啟了。別洩氣，一定還有更強的怪物……！」

蒼催促三人走向通往第三層的階梯。狂三唉聲嘆息，突然開啟狀態畫面。

「啊，又獲得了技能點數。這次的技能是——」

狂三的腳步戛然而止。

「狂三，妳怎麼了？」

響回過頭，發現狂三一臉吃驚地盯著自己的狀態畫面。

「狂三？」

「怎麼辦，響……【時間魔法】……一定要學起來比較好吧？」

時崎狂三能獲取的技能一覽表中確實有一項是【時間魔法】。

「蒼，這是……」

「我、我不知道。我所知道的魔法系統共有六種，火、水、風、土、光、闇。照理說，這應該是全部了……如果有【時間魔法】，我一定會記得，而且會勸時崎狂三取得這項技能。」

「那麼，這是……只屬於我的魔法嗎？」

「我想是吧。」

「……………………呵、呵呵！」

（啊，我好像非常開心耶……）

「既然如此，當然要選【時間魔法】嘍。好，點選！」

狂三毫不猶豫地取得【時間魔法】。

「所以呢？妳學會了什麼樣的魔法？」

「等、等我一下喔，我現在確認一下。我看看……」

【時間魔法：E】：能使用操縱時間的魔法。E等級是「【一之彈】」、「【二之彈（Bet）】」和「〈食時之城〉」。

「……這是『我』的能力吧……」

「對……耶。這是怎麼回事？蒼，妳知道嗎？」

「……………」

「啊，沒關係。看來不應該問蒼的！」

看見蒼的頭上開始冒煙，響連忙打圓場。

「……雖然有點失望，但感覺似乎有什麼特殊意義存在。我打算之後同時使用【闇魔法】和【時間魔法】，提升技能等級。」

「我說……在前往第三層之前要不要先休息一下？應該說……我好睏喔……」

阿莉安德妮一副難忍睡意的模樣，將靈裝變成睡袋，鑽了進去。

「真拿她沒辦法……這裡是打魔王戰專用的房間，等我們離開房間後才會再重新配置三頭米諾陶洛斯。反過來說，可以安心在這裡休息。」

蒼將自己的〈天星狼〉扔到石板地上後，整個人躺下。

「那麼，我們先暫時休息一下吧。要來杯茶嗎？」

「啊啊，妳有【女僕】技能嘛。不過，沒關係。」

「咦～～為什麼啊？」

「響，妳應該是最累的人吧？」

「……嗚哇，看得出來嗎？」

「這點小事，我當然看得出來。雖然一樣愛講話，但臉色很差，而且走路像殭屍一樣。」

「形容得真難聽呢……不過，妳說的是事實，我就乖乖坐下來休息了。」

「只是純粹的疼勞而不是受傷的話，無法用【四之彈(Dalet)】回復呢。妳就乖乖坐下休息吧。」

「遵命～～我用【女僕】技能來鋪地墊吧。」

響攤開不知道從哪裡冒出來的地墊。看來似乎是【女僕】技能的特技。

「……【女僕】還滿好用的呢。」

狂三也吐出一口安心的氣息，坐到地墊上。

「這是紅茶。」

「我不是要妳休息嗎？」

「不不不，這是我的極限了，我就不客氣地躺下休息了～」

狂三接過紅茶後，響便如同她的宣言，倒頭閉上雙眼，發出微微的鼻息聲——想必是累壞了吧。

狂三啜飲紅茶——雙眼圓睜，沒想到意外地好喝。

「時崎狂三。」

「哎呀，妳醒著呀。不用睡嗎？」

躺著的蒼眼睛是睜開的。

「嗯。反正我隨時隨地都能睡，躺著休息就好。」

「算是一種……鍛鍊方式嗎？」

「算是吧……這個地下城，有意思嗎？」

面對蒼的提問，狂三露出苦惱的表情低吟。

「我還不確定是否有意思。說來說去，還是得拚命。不過，倒不覺得無聊或痛苦……」

「那就好。這樣消失的支配者死也瞑目了……都消失後，怎麼可能瞑目是吧？」

「這個問題我答不上來呢。」

「我們誕生……或者該說來到這裡時，第五領域已經變成這個樣子。以前這個領域還滿和平的，大家都怨聲載道地問支配者『為什麼要做這種事』。」

「畢竟……是白女王還不存在的時代嘛。」

「沒錯。因為怪物出現，甚至有準精靈受傷。支配者不惜犧牲自己的性命，將這個領域打造成奇幻世界……想發洩怒氣也找不到人。」

「那位支配者叫什麼名字？」

「『她沒說』。我師傅葉羅嘉說，她本人直言不諱地說：『我的名字不重要。我是為了在鄰界推廣這種有趣好玩的世界才來到這裡的，因此消失也毫不後悔。』」

「這樣啊……」

「『生命苦短，冒險（戀愛）吧，少女』是她的口號。然後啊，原本嘮嘮叨叨抱怨不停的居民這才終於發現『這場冒險已成了自己的生存糧食』。」

狂三聞言，輕聲嘆息。

居住在鄰界的準精靈必須依賴生存目的才能活下去。過去自己曾在第九領域見識過失去精力而逐漸消失的空無，在第八領域也曾看過基於其他理由而消失的少女。

自己並非遺忘了那副光景，只是因為周圍所有人都剛健地活著，令她容易忘記這件事。

因為這個世界並非現實世界。

而是物理法則、所有一切都截然不同的世界。

「……說是異世界也不為過呢。」

「據說前任支配者這麼說過：『這裡可是異世界耶，異世界。被稱為鄰界的場所，也是靈魂抵達的目的地，跟我們的世界完全不同，可以將不可能的事化為可能。既然如此——我想要隨心所欲，為所欲為！』」

「那位支配者真有趣呢。」

狂三感傷地如此低喃。

「在第十領域廝殺、第九領域載歌載舞、第八領域競爭、第七領域賭博……各個領域都有各自的生存方式。而在第五領域……冒險就是準精靈存在的理由。刺激、殺戮又危險……不過，也可說是樂在其中。」

「蒼，莫非妳有什麼話想跟我說嗎？」

蒼聞言，靜靜坐起身。

「時崎狂三，妳無論如何都想回到現實世界嗎？」

問。

「…………」

狂三沉默不語，就某種層面而言，這算是一道禁忌問題，就連與她交情好的人都不敢隨意發問。

「……當然，我知道妳為什麼想回去。不過，我也希望妳考慮到無法回去時該怎麼辦。我喜歡妳，大家也不討厭妳……只是有點怕妳就是了。」

「有點怕我這句話可以不用說～」

「這是絕大多數人的意見，要不然妳可以做問卷調查。」

「恕我拒絕。」

「不過，妳覺得如何？鄰界這地方也不錯吧？」

面對蒼的提問，狂三沉默了半晌。考慮到狂三的信條，冷淡地否定再簡單不過了。若是以前的自己，甚至是踏上旅程前的自己，勢必會二話不說地否定吧。

「……這個嘛，我所知道的現實世界十分嚴酷。我的周圍全是敵人，我們生來是為死而戰，就這層意義而言，回去或許就意味著死亡吧。」

「……既然如此……」

「可是，我回去的理由只有一個，那是鄰界所沒有的。」

鄰界沒有「他」。

而現實世界有「他」。

光是如此，就足以作為挑戰和啟程的理由。

「了解。不過，如果妳改變主意，隨時通知我一聲。另外，也別忘記在啟程之前和我來場對決。」

「……總之一天，我會考慮看看的～」

心不在焉的狂三自然而然地如此回答。

「太好了，終於可以和妳交手，下次一定要做個了結。」

蒼開心得綻放笑容。不經意回答的狂三感到有點後悔，旋即心念一轉，心想既然她渴望一決勝負，以後找個時間和她交手便是。

「是呀，等突破這個地下城，完成任務後——跟妳打一場也行喲。」

「嗯，我完全沒問題。」

「……不過，我沒辦法盡全力跟妳廝殺。」

「是嗎？這我倒是可以呢……不過，既然妳不願意，就不打個妳死我活嘍。但凡事總有意外嘛。」

「希望盡可能別發生意外……別看我這樣，我還滿欣賞妳的。」

狂三說完，蒼目瞪口呆，然後瞬間羞紅了臉頰。

「……是、是嗎……真是令人吃驚……雖然搞不太清楚，聽了心情挺不錯的。」

蒼胡亂擺動雙腳，然後就像電池沒電了一樣倒下來。

她閉上眼睛的模樣看起來也像是陶醉痴迷。

「……太難為情了，我去睡一下。」

聲音細如蚊蚋，顛覆她以往的形象。

「好的，請歇息吧。」

狂三發現自己的音調竟不可思議地轉為柔和。明明是曾廝殺過一次的關係，真是奇妙啊。

「……我是不是變得有些心軟了呢。」

狂三如此低喃。在另一個世界幾乎全是敵人，讓她認為全世界只有敵人或終將成為敵人的人，自己的同伴只有自己這些分身。

而今甚至能從容平靜地與人交談。當然，只要白女王尚存，便無法安穩生活。

這是事實沒錯。

不過，彷彿空隙般一瞬、剎那、須臾的時間。

那無比珍貴、可愛的瞬間，就在此刻。

「────」

而有人正壓低氣息，聆聽兩人剛才的對話。

（……狂三。）

響心知肚明。她十分清楚狂三一心一意追逐著那個不知名的少年。所以，她已做好心理準備迎接遲早會到來的離別。

可是，這時垂下了一條蜘蛛絲。

狂三說她打算前往的另一個世界十分嚴酷。

說她也許會喪命。

說那裡只有敵人。

響思忖著——那也不錯啊。打敗白女王後和狂三感情融洽，永遠和平地生活。

這樣的未來也不錯啊。

因為時崎狂三很厲害，是自己的救命恩人。而她竟然要回去另一個世界白白送死，實在是太愚蠢了。

響所知的狂三曾經對她這麼說：

「我是分身。」

是真正的時崎狂三利用【八之彈】創造出的另一個自己。為了進行諜報、暗殺、搜查、潛入等所有任務而誕生，方便使喚的「棋子」。

——妳是為了尋死才前往那邊的嗎？

——這樣真的好嗎，狂三？

響本想如此詢問，最後還是作罷。因為若是狂三回答「即使這樣也無所謂」……她能夠想像自己將會拚命挽留狂三。

——那個人。

狂三絕對不想被觸及的最纖細的部分。

響過去努力不去思考有關他的事，直到今天才初次思索。

——狂三喜歡那個人倒好，但是那個人喜歡狂三嗎？如果不是，如果答案是否定。

腦海盡是浮現不好的想法。

不過，這也難怪。因為蒼突然讓她看見自己一直以來不願正視的希望。

讓她看見時崎狂三今後依然和自己相伴的未來。

那對響而言，等同於惡魔的誘惑。

◇

——而此時，在第二領域。

第二領域的奇異樣貌令初次目睹的岩薔薇驚愕得目瞪口呆。

第三領域的前支配者凱若特・亞・珠也則是露出苦笑。

「真是令人大吃一驚呢。我是有聽說過，沒想到這麼誇張……」

「畢竟我的領域是祕密主義和封閉主義嘛。」

『嚇死我了是也！』『這裡跟我們合不來嚕！』『不，反過來認為其實也不錯便可！』『無論如何，不怕沒地方藏了喲～～！』

凱若特率領的撲克牌們也興奮地七嘴八舌討論。

眼前是滿坑滿谷的書籍。

上下左右以及天花板，全都堆滿了書籍。唯一沒堆放書的，頂多只有地板。不過，地板上也刻有文字。

「我的第二領域是書本與知識的世界，網羅森羅萬象，擔任另一個世界與鄰界之間的橋梁。建立準精靈統治系統的，也是我們。」

第二領域的支配者雪城真夜挺起胸膛，一副志得意滿的模樣。

「這話是什麼意思呢？」

岩薔薇──鄰界的時崎狂三創造的分身，名字有別於狂三的少女提問後，真夜回答：

「準精靈過去只是存在於這裡。畏懼偶爾造訪的精靈，落荒而逃，然後變成空空如也的空無消失。不過，這個領域的支配者發現了準精靈存活下來的方法……那就是必須擁有生存理由，才能在這個領域活下去。」

這個鄰界允許靈魂實際存在。若置之不理，靈魂便會被宛如空氣般充滿整個鄰界的靈力這股巨大洪流給吞噬。

為了避免落得如此下場，必須在這個鄰界敲下名為「自我」的木楔。

「鄰界就好比川流不息的河川，必須在河底敲下木樁，並緊抓不放……否則遲早會被流水吞噬。」

「是妳發現這件事的嗎？」

「不是我，是上一任的支配者。她告訴我們她所知的一切知識，並且囑咐我們將這些知識推廣到第一領域以外的所有領域。」

就這樣，精靈不知不覺在鄰界消失——準精靈終於回歸平靜。

「我們的存活木樁是求知欲。只要不斷閱讀、灌輸新的知識，便不會消失。拜此所賜，有許多準精靈活得十分長壽。」

「話說……這裡沒有其他準精靈在嗎？」

「這個房間只允許第二領域的支配者……我，以及我准許的人進入。其他準精靈一樣在其他場所繼續工作。」

第二領域的準精靈有兩項工作要做。一項是閱讀、分析第二領域收藏的藏書，獲得知識。另一項則是被派遣到各個領域保存書籍，並且給予建言以便支配統治領域。

因此，第二領域的準精靈成為骨幹的部分比較偏向學者或研究員，同時也必須具備優秀的戰鬥能力。

而她們如今正散落各個領域，擬定對抗白女王軍隊的戰略。

「守備如此薄弱行嗎？」

面對凱若特的提問，真夜搖頭回答：

「不行……不過，若是我們加強守備，或許會被發現第二領域有『之前提過的那個東西』。如此一來，反而對我們不利。守備過於森嚴或太過鬆懈都不行。順帶一提，白女王已經進犯這裡十五次了。」

「沒問題嗎？」

「目前大概還沒問題。不過，既然對方也很重視的第六領域那裡的支配者宮藤央珂曾經被籠絡，白女王恐怕早已掌握了情報……換句話說，只剩下第五領域、第四領域和第二領域。第一領域是例外，範圍已經縮小了許多。」

真夜的臉有些鐵青。

倘若在第七領域聽說的事情為真，鄰界瓦解在即。

「如果『我』在第五領域沒有擊退白女王的軍隊……」

「就只剩下兩個領域……不，恐怕女王已經猜到這個領域有異了。所以，時崎狂三一定得在第五領域取得勝利才行。」

寂靜支配著四周。

「不知狂三大人目前狀況如何。」

凱若特嘟噥一句。真夜表情帶著敬意與畏懼，淡淡地呢喃：

「應該正勇闖第五領域的地下城吧。為了讓女王撤退回第三領域，肯定拚盡全力。」

「……總覺得那個『我』現在過得還滿悠哉的。據雪城小姐所說，那裡似乎是奇幻世界。我想『我』應該正開心地在施展魔法吧。」

「岩薔薇，聽說妳是狂三大人的分身，但妳的想法有些膚淺呢。狂三大人肯定很擔憂鄰界的現狀，正勇往直前地擊潰白女王的軍隊。」

「……就當作是這樣吧～～」

岩薔薇心想狂三肯定對潛入地下城一事樂在其中，卻無法說出口。

○進而潛入深處

「超好玩的」。

狂三如此心想，腳步輕盈地直指怪物。技能提升到【闇魔法：B】、【時間魔法：C】。

「暗球」與【形狀變化】技能組合，能化為球以外的形狀，一口氣增加了許多用途。

「『暗球』。」

在詠唱的同時，先將「暗球」變成針狀，再刺向肌肉發達的混血巨魔（褐色皮膚，身穿鎧甲、手持劍盾的巨鬼）的胸膛。確認針埋入一半後——

「『形狀變化．棘』。」

再將針變成刺栗狀。心臟被切碎的怪物多半會受傷。

「唔，不愧是最高難度的地下城第四層，這種程度都死不了啊。」

「【敵對者鑑定】：有三顆心臟。必須摧毀剩下的兩顆才行。」

蒼邁出腳步，瞄準剩下的兩顆心臟，揮舞超重戰戟——〈天星狼〉。

重新站起的混血巨魔勉強用盾牌擋下攻擊，但盾牌澈底被砸碎，混血巨魔因此倒地。

倒地。

「那麼，再來一次【形狀變化】！」

狂三將「暗球」變成像鐵絲一樣細，鑽進巨魔的耳內。巨魔發出「嘰！」的奇怪慘叫，就此倒地。

「看來，牠只有一顆腦袋呢。」

「嗚哇～～……手段越來越殘酷了～～……」

躲起來的響突然探出頭。響的等級已經提升到七十左右，不過這個地下城太過嚴苛，結果又轉職當回遊人。遊人的特性能強化【逃脫憎恨】技能，響必須練到S等級，否則將一擊斃命。

況且，就算發動這個技能，也可能因為遭受全體攻擊而喪命。為了避免這種情況發生，響獲得斥候的技能【遁形】，是每次戰鬥就遁逃躲藏起來的膽小戰法。

「到第三層為止還遊刃有餘，到第四層就有點陷入苦戰了呢……」

「我的技能也快速達到上限……啊，【火魔法：S】。這下子四大魔法都練到S級，只剩下【光魔法】了。」

「也太快了吧……」

「四大魔法的技能好像滿快就能練到最高級，重點在於附屬的技能。我想再練練【指定範圍】跟【自動辨別敵我方】～～」

「妳不練【形狀變化】嗎？還滿好用的喲。」

「嗯～～……火、水、風不太需要變化形狀，而且難易度可以調整，最後的效果都大同小異。土系魔法倒是能利用改變形狀來廣泛運用，那就用它來代替就好。」

「妳說的確實有理。我打算學會【指定範圍】或【自動辨別敵我方】……響，妳覺得呢？」

狂三徵求響的建議。狂三雖然習慣戰鬥（或許無法用習慣一言以蔽之），但缺乏遊戲知識。響雖然無法貢獻戰力，卻能大力發揮遊戲知識。

「嗯～～如果要從中擇一……還是選擇【自動辨別敵我方】吧。」

「選【指定範圍】來擴大攻擊系的魔法範圍也不錯吧？」

「既然接下來會出現的都是無法一擊解決的怪物，蒼就會上場猛攻吧。這時妳便會以【闇魔法】來支援她。而【闇魔法】大多是造成狀態異常的技能，要是牽連到蒼就糟了，戰線將瞬間瓦解。」

「嗯。要是我中了黑暗或混亂這些招數就完蛋了，有可能會不小心使用全體範圍物理攻擊，誤傷所有人。」

狂三了解響與蒼說的話確實有道理後，便選擇了【自動辨別敵我方】。

「這項技能如果不提高等級，會失敗嗎？」

「啊，不會失敗。雖然辨別敵我方時會減血，但隨著技能等級提高，會降低減血率。」

這下狂三又變得更強了。【時間魔法】的技能提升了，平常可使用的子彈也全都能運用自

如。加上〈食時之城〉對一部分的怪物有效，攻守皆萬無一失。

蒼和阿莉安德妮也加強各自的擅長領域，克服不擅長的領域，更加登峰造極。

唯獨響，由於先以安全第一為考量來建構技能，在戰鬥方面基本上依舊派不上用場。她本來在斥候這個領域還能有所貢獻，但也因為蒼獲得了探知敵人系統的技能而形同虛設。

「小響～～麻煩妳【鑑定取得物】～～」

「好的～～開心愉快的掉落物鑑定時間到了～～♪」

所以，響以容易控制憎恨值的遊人為主軸，取得戰鬥以外的有用技能。幸好只要加入夥伴就能自動獲得經驗值來提升需要技能點數的技能。

「混血巨魔的掉落物有～～♪生肝、生皮、鬼角～～♪啊，還有破壞武器，減少九成價值的武器，要嗎？」

響眉開眼笑地解體巨魔。當然，解體方式十分符合遊戲的感覺，只要宣布解體，屍體便會立刻化為掉落物，真是親切的設計。

順帶一提，掉落物可在各層最少也有一處的安全區域中的自動販賣機賣掉。在安全區域中，也可使用因應素材調配藥物或改造武器防具等各種道具。不過狂三等人並未有效利用。

「不要。另外，這不是生肝喲。」

「那是死肝嘍……」

「肝跟生皮只能賣掉或用來調配藥物。『鬼角（黃金級）』能用來強化無銘天使的物理攻擊……我想用，可以嗎？」

全體人員沒有異議。蒼的攻擊是這個隊伍的重點。

「……啊，對了，我突然想到。」

「什麼事？」

「用鬼角強化的效果，離開第五領域就會消失嗎？」

比如跟魔法有關的技能在脫離第五領域後便無法使用。【暗視】等技能只要離開第五領域，便會失去效力。

不過，肉體方面的技能——例如嚮的【麻將】、【製作】等技能，即使離開第五領域也不會消失。

蒼的【飛行】和【無銘天使熟練度．戰戟】也屬於不會失效的類型。

不過，強化武器這方面又是如何？

經過強化的武器在離開第五領域後，會失去強化效果嗎？抑或是——

「喔喔，我沒提到這一點。無銘天使的強化效果會保留，至少我的是有保留下來。只是，妳們三人的武器很特殊，我不敢保證。」

「我想也是。就算強化〈刻刻帝〉的物理攻擊，手槍或懷錶變堅硬也沒有任何意義。」

「我的線變銳利倒是沒什麼問題……」

「那麼下次改造阿莉安德妮的武器也不錯呢～我的〈王位篡奪〉太特殊，另當別論。」

「…………」

「阿莉安德妮小姐？」

「總覺得……小響越來越像隊長了呢～」

「什麼！」

蒼點頭同意。

「不僅技能知識豐富，組合方式也出人意表。如果只有我一人，很可能會單憑蠻力闖關。」

「就是說呀。我的【闇魔法】搭配【形狀變化】……響？」

響身體顫抖著。狂三歪過頭，一臉疑惑。她心想：剛才的對話有令人感動的餘地嗎？結果響一副泫然欲泣的模樣，緊抓住狂三。

「妳是怎麼回事！」

連狂三也不禁發出哀號般的聲音吶喊。

「不不不不不要拋棄我，狂三！我的確有閃過『哎喲，我弱歸弱，還滿有隊長風範的嘛』這種念頭！這當然是被逐出隊伍的旗標！妳們會對我說：『沒有妳也無所謂，可以取代妳的人多的是。』然後歷經種種，最後我得到快樂的結局！」

「……得到快樂結局不是很好嗎……？」

蒼戰戰兢兢地詢問後，響回答：

「不過把我逐出隊伍的妳們會超級慘。」

「別～～鬧～～喔～～」

「所以不要拋棄我，狂三、狂三、狂～～三～～！」

「……〈刻刻帝〉。」

狂三在響的耳邊開槍。

「……我恢復理智了……因為太熟悉奇幻世界，擔心會出現典型的發展，不小心就……冷靜思考過後，哪有餘力搞那齣啊……」

響鬆了一大口氣。

「太了解反而會胡思亂想呢。」

「真的是……被扔下的我在千鈞一髮之際，超強外掛能力覺醒了，兩三下就把妳們三人擊敗，大致完成復仇後，累得精疲力盡，想說不需要更新遊戲進度了，當然留言欄還是一直催我更新，鬧得天翻地覆。」

「回歸現實吧，現～～實～～！」

如果響一直處於這種胡思亂想的狀態，便無法貿然前往第五層。狂三抓住響的雙肩搖晃，響

的眼神才終於恢復理性。

「說、說的也是。我從在第三層時就利用【繪製地圖】技能兼任製圖員，明明是遊人卻沒在玩樂……」

「沒辦法，因為要探索地下城啊。要是妳真的遊手好閒，我也不敢保證自己不會發火。」

「我知道啦～～我看看喔……這裡往前直走是未知的領域。」

「嗯。」

四人望向漆黑通道的另一端。阿莉安德妮試圖先以【光魔法】照亮四周，但似乎有一股奇妙的力量在運轉，強制熄滅了魔法亮光。

「好像沒辦法點燃亮光呢。」

「看來只能利用【暗視】技能前進了。好險所有人都學會了這項技能，應該不礙事。」

「唔……」

「響，妳怎麼了？」

「……不，沒事。我來施展【暗視】技能～～」

響漠視心中懷抱的一絲不祥的預感，因為她百分之百信任其他三人的戰鬥能力。

沒想到事與願違。

「有動靜，拿好武器。」

蒼如此說道，舉起〈天星狼〉的瞬間，響才發現自己的失策。

「糟糕……！」

響當機立斷——伸出手摀住狂三的左眼。

「妳做什——」

還來不及詢問響突如其來的行為，一道刺眼的閃光灼燒一行人的雙眼。

「是【光魔法】！慘了……」

「呀唔唔！」

蒼與阿莉安德妮反射性地蹲下。在眼睛感覺敏銳的暗視狀態下，受到光魔法的閃光直接攻擊，視野一片白茫茫，也引發了混亂。

「狂三，麻煩妳了！」

「了解……！」

響好不容易護住狂三的一隻眼睛，狂三閉起暫時失去視力的另一隻眼睛，以單眼看從幽暗處襲來的怪物。

「〈刻刻帝〉——【二之彈】！」

狂三射出減速的子彈。總之，現在打的是持久戰。閃光只是讓雙眼暫時失去視力，只要恢復視力，戰線立馬就能重振雄風。

不過——

看見宛如大型蚊子的怪物發出怪聲以驚人的速度飛來，狂三咂了嘴。

「好快……！」

【二之彈】沒射中。既然如此，狂三只好連續射擊，張開彈幕。

然而，巨蚊完全不將這些子彈放在眼裡，依然猛追而來。即使翅膀被削掉、腳部斷裂，巨蚊一樣若無其事地試圖以牠那吸管般的嘴吸取狂三的血。

「——反正不過是螻蟻之輩。」

狂三往後倒下，同時用力仰起背，利用反作用力將腿向上抬，踹向飛來的巨蚊柔軟的腹部。利用巨蚊飛來的速度反擊——巨蚊承受不了刺入的腳尖的衝擊，狠狠撞上天花板。

「這下子總算是停下來了呢。」

這時，巨蚊發出「嘰啊啊啊」的叫聲，狂三聽見後立刻閉上眼睛。隔著眼皮也能感受到強烈的光線襲來。不過，這招對狂三行不通。

「認為同一招攻擊能管用的膚淺想法，還真符合怪物的風格呢……！」

狂三用〈刻刻帝〉朝天花板掃射，千瘡百孔的巨蚊輕易崩落。狂三閃過掉下的屍體，迅速瞪向黑暗深處。

「還有呢。」

狂三切斷【暗視】技能，以感知氣息的方式試圖攻擊對方。

「三三，快閃開！」

這時，阿莉安德妮大喊——狂三立刻趴向地板。有某種東西以迅雷不及掩耳的速度通過她的頭上。

隨後發出一道「嘎嗶」的含糊慘叫聲。

「……受不了，令人火大～～……我真的、動真格地睏得不得了，你卻非要吵醒我，是你活該……！」

阿莉安德妮低沉的嗓音令響聽得是直打哆嗦。

「去死吧。〈太陰太陽二十四節氣〉——！」

被捕獲的三隻巨蚊全被水銀線纏住，無法動彈。

瞬間支離破碎。

沉默——感受不到援軍前來的氣息。確認完畢後，阿莉安德妮才終於鬆了一口氣。

「呼～～……」

「唔……眼睛還在刺痛……」

「各、各位，妳們沒事吧……我也還看不見……」

「我立刻回去妳們那邊。」

狂三如此說道，走向伸出雙手左搖右晃的響身邊。

「現在舉行反省大會～～！」

響如此說完，低下頭說：

「我先反省。在使用【暗視】的前一刻，我有感覺到不對勁。現在回想起來，當【光魔法】失效時，我就該想到事情會變成那樣了。對不起。」

「再來是我……我早就知道打怪打到第四層，敵方會攻擊我們的弱點，卻沒有反應過來……沒有識破陷阱，真是抱歉。」

「……不過，響立刻護住了我的眼睛，算是將功補過了吧。否則別說開反省大會了，我們早就消失在這個世上。不需要反省的，大概只有給怪物致命一擊的阿莉安德妮小姐吧。」

「最後的那個啊，只是我火冒三丈得朝聲音來源隨便射出線罷了～～希望功勞不要算在我頭上……」

阿莉安德妮撇過頭，難為情似的嘟囔。

似乎是想起自己發飆的模樣而感到害臊。

「……哎，來到第四層，我才終於自覺到我們正處於最高難度的地下城……肯定會付出許多代價。畢竟只有闖關成功才能讓白女王受到打擊。我們一樣必須勇往直前，並且更加謹慎。」

「響，以後如果有感覺到不對勁，千萬要說出來。那可能是我們沒注意到的重點。」

聽見狂三說的話，響點了點頭。

「好，我不會再犯錯了。」

就這樣，少女們再次前往深處。若是踏入一步，不，是半步錯路，便死無葬身之地，這就是第五最強的地下城「Elohim Gibor」。

事到如今，她們才再次體認到第五地下城的恐怖。然而，體認到恐怖與感到恐懼這兩件事看似相同，實則不然。

她們毫不猶豫地勇往直前，懷抱著恐懼，卻仍一個勁兒地不斷向前——

◇

——第六層，樓層魔王的房間。

「……稍微……休息一下吧……」

響說完，所有人一臉放心地點頭同意。畢竟剛才歷經了一場激戰。

第六層的樓層魔王是女武神天馬。一名銀髮少女手持巨大的突擊槍，騎著天馬在廣大的魔王

房間自由自在地飛來飛去。

到此為止還在預料之中，只是沒想到她四大魔法都會使用，甚至能無止盡地召喚疑似自己眷屬的低等（但跟第三層的怪物一樣強）女武神，十分棘手。

更麻煩的是，眷屬超過一定數量後，女武神天馬便會提升力量，對所有人施以爆擊。因此必須優先打倒眷屬，但就算接連打倒眷屬，女武神天馬本體也絲毫不痛不癢。

順帶一提，光是置之不理，過沒多久牠還會發動自動回復能力。

面對如此誇張的強敵，她們擬定的戰術如下：

阿莉安德妮先專心用水銀線不斷切碎眷屬；狂三用〈刻刻帝〉和【闇魔法】一邊輔助她一邊狙擊在天空飛翔的女武神天馬；蒼以【飛行】緊追不捨，攻擊本體；響則是每次隱藏身影，對三人下達指示。

……說來簡單，但畢竟女武神的數量與耐力非比尋常。最後在〈刻刻帝〉起碼命中十發、蒼全力攻擊二十次後，發射對人戰鬥中自豪最強的【七之彈】停止時間，三人一齊攻擊，才終於解決了。

「不知道是誰想出來的……這未免……有點太頑強了吧～～……」

所有人靜靜地對阿莉安德妮的呢喃表示同意。

「……話說，響，我有問題要問妳……」

「好啊，什麼問題……」

狂三躺在響拿出的地墊上，說出在戰鬥時一直在意的事。

「天馬是希臘神話……女武神是北歐神話……為何會將這兩種融合在一起……？」

「……不愧是狂三……喜歡原始典故的人無法認同吧……我想大概是創造這個世界的準精靈一時興起或隨機湊在一起的產物……」

「不能接受呢～～……」

狂三心煩意亂地擺動雙腳。

「不過，這下子第六層也過關了。還剩下四層。」

聽見蒼說的話，三人同樣鬆了一口氣。已經闖關到後半，再努力一下便能直搗黃龍。

「啊啊，不過在那之前……必須先【解體】女武神才行……」

響搖搖晃晃地站起來後，走近即將消滅的女武神天馬，將手放在上面。

「【解體】……奇怪？」

「怎麼了？」

「【解體】出現錯誤。啊，沒有。是有回收到掉落物，可是只有女武神的盾牌。」

「這就怪了。根據【敵對者鑑定】的結果，女武神天馬的掉落物至少也有『女武神盾牌（傳說級）』、『女武神髮絲（傳說級）』、『天馬之翼（傳說級）』這三種。其他的稀有掉落物倒是不清楚……」

「……等一下。」

狂三走了過來，將手輕輕放在女武神身上。

「……！」

「怎、怎麼了？」

「之所以會出現錯誤……恐怕是因為這隻怪物是『準精靈』吧。」

「什麼！」

精疲力盡的蒼和阿莉安德妮也連忙起身。

「不，正確來說，是準精靈凋零後……屈服於女王誘惑的那些人。」

「……空無……！」

「可是啊，這是怎麼回事……？難道是之前提到的那位支配者暗地在做人體實驗……？」

「不，怎麼可能——」

「不是的，阿莉安德妮小姐。」

狂三二話不說地駁回阿莉安德妮的說法，面向蒼。

「蒼，白女王的軍隊……也就是空無的攻擊直到這陣子才突然變得特別猛烈對吧？」

「嗯，的確是如此。」

「其中也有怪物樣貌的空無。」

「沒錯……難不成……」

「……白女王她們稱霸了這座地下城吧。上層的怪物是普通的怪物，但下層是她的領域……她把怪物跟空無融合在一起了。」

在第三領域所見的各種駭人的怪物。

那幾隻怪物中，恐怕也有與第五領域怪物的融合體。

她們擁有無限透明的靈力，是幾近純粹的存在，因此能與任何存在融合。無論是多麼強力的怪物，只要是人工製造的東西，就能成為空無的結合材料。

那麼，若是與擁有「為了白女王」這種強烈意志的空無融合，理當會成為空無的傀儡。

然而，換句話說——

「意思是，下層的怪物全在白女王的掌控下……嘍……？」

阿莉安德妮說完，響與蒼啞然無言。這事態簡直糟糕至極。

「……並非全部吧。否則第五領域的戰線早就瓦解了。而且，還有另一個重點。」

「什麼重點……？」

「如果只是和這座地下城的怪物融合，有必要擔任樓層魔王嗎？為什麼不直接出去外面戰鬥就好？」

「就是說呀。像這次的女武神天馬，如果出去地面，肯定會造成不得了的災害……奇怪？為什麼不出去地面呢？」

「應該是為了守護位於最下層的第三領域通行門吧？」

蒼說完，狂三搖頭否定：

「這應該也是原因之一，但沒必要守護通行門到這種地步。第三領域還有其他通行門，雖然距離遠了點，但如此分散戰力根本沒有意義不是嗎？」

「唔，確實是如此……那麼，時崎狂三，妳知道分散戰力的理由嗎？」

「我不清楚。不過，不出去地面戰鬥的事實便指出了這個最下層有『不可見人的東西』。也就是說，可以視為我們的目的直接關係到白女王軍隊的弱點。」

看來自己前進的道路比想像中更快通往白女王。

「……只是，第七層開始必須更加小心才行。我們之前能打敗高等級怪物，是因為牠們的智商是遵照例行程序。不過，與空無融合就另當別論了。」

「對了……這次的女武神天馬的確以相當靈活的思考在行動呢。應該說，我都躲起來【控制憎恨值】了，竟然還是被盯上十次。」

「這也是耗費不少時間的原因之一。明明沒有任何理由需要攻擊響……」

「每次我下達完指示，牠都像是突然想起來似的跑來攻擊我……咦？我的【控制憎恨值】該不會失去意義了吧……？」

響被自己說的話嚇得臉色發白，蒼也對此表示同意。

「這可不妙。我個人感覺【遁形】是有效的，只是【控制憎恨值】似乎對那隻女武神天馬不怎麼管用。原本那項技能的優點在於即使採取顯眼的行動也不會提升憎恨值，可是敵方看起來卻像是『經過思考後』發動攻擊，絲毫不受技能影響。」

「怎、怎、怎、怎麼辦！接下來我如果受到攻擊，幸運的話半死不活，不幸的話就這樣駕鶴西歸了！」

「好了，妳冷靜一點。就算敵方有思考能力，想必智商也不高。要不然牠應該會理解緋衣響正在下達指示而集中攻擊她。」

「……咦？說的也是……」

女武神天馬的行動確實有異。如果看見響正在下達指示，照理說當下轉為集中攻擊她也不足為奇。

然而在經過一定時間後，女武神天馬又若無其事地將目標移到其他三人身上。

「大概是……怪物與空無尚未完全融合的關係吧。怪物的本能在作祟。」

蒼認為這也許是牠們無法出去地面戰鬥的原因之一。怪物化的空無雖然還是低等怪物，但思考能力已與準精靈無異……不過在狂熱的信仰之心驅使下，她們自然而然會只靠蠻力解決。

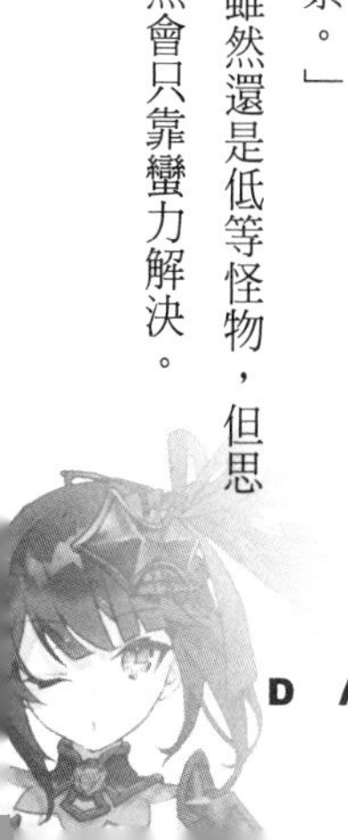

「既然如此……還是有機可乘嘍。只能努力找出牠們的弱點了。另外，我來找找看有沒有回避、防禦系的技能，暫時不需要跟憎恨值有關的技能了。」

「戰鬥開始後，我會用『暗盾』先防禦。那雖然是盾系魔法，但不會讓【遁形】失效。」

「其他盾系魔法可能因為太醒目，會導致【遁形】失效……」

狂三決定開啟狀態顯示畫面來尋找是否有其他自己能取得的技能或魔法。

「技能……沒有呢。【闇魔法】……沒有。【時間魔法】是我的〈刻刻帝〉……嗯？」

正如前面敘述過的，【時間魔法】是狂三的固有魔法，同時也是〈刻刻帝〉的能力。因此，即使確認【時間魔法】的詳細能力，也只是加上像【一之彈】這樣的子彈名稱和〈食時之城〉。

以往十一之彈和十二之彈並未顯示出來，這狀態大概是代表狂三無法使用……這兩種子彈原本就不是用來戰鬥，而是用來實現目的，因此無法使用也無可奈何，沒有任何問題，然而——

「……『交換』……？」

當狂三觸碰狀態顯示畫面的【十一之彈】和【十二之彈】，便出現「交換」這個項目。

狂三小心翼翼地輕觸【？】後，顯示出有關「交換」的說明。

『在鄰界無法使用這個能力。可透過交換能力變成能夠使用。要交換嗎？YES／NO？』

……不，不不不。

怎麼可能有這種蠢事。狂三立刻選擇ＮＯ。於是，狀態顯示畫面返回剛才的畫面。

「狂三，發生什麼事了嗎？」

「響……不，沒事。」

狂三吐了一口氣。心跳好大聲。突然出現毛骨悚然的選項，令狂三難得心生波瀾。

……原本的能力無法在鄰界使用，這也無可奈何。

不過，既然能夠交換……那是什麼樣的能力呢？不，說起來，交換後不會產生問題嗎？

「差不多該出發前往第七層了。」

蒼出聲提醒後，狂三才發現自己沉思已久。響探頭看狂三的臉。

「妳有什麼心事嗎？看妳看著狀態顯示畫面思考了很久。」

「……等一下再跟妳商量。」

狂三嘴上這麼回答，其實還在猶豫是否該找人商量。

「是嗎？總之，隨時歡迎妳找我商量！」

響一如往常地浮現無憂無慮的笑容。狂三微微移開視線，有種莫名的愧疚感。在這個世界，所有人都擁有特異功能，包括響和狂三。

當然，能力有強有弱——是狂三與響難以跨越的障礙——但依然無損其特異的性質。

而那能力的特異性也是個人的驕傲。

無論是阿莉安德妮、蒼還是響，都不斷磨練自己的武器，面對各自的戰鬥。

那麼，要改變那特異性時……或許該獨自深思熟慮後做出判斷。

狂三深呼吸後——決定不應該交換。不過，只是指目前這個階段……

◇

——第二領域。

岩薔薇、凱若特・亞・珠也，以及雪城真夜三人踏入第二領域地下的巨大建築物。

高約四十公尺、寬約一百五十公尺。光滑的巨大柱子鱗次櫛比，天花板微亮，儘管視野良好

卻完全看不見前方。通道連綿不絕，一直延伸下去。

「這裡就是……」

「沒錯，鄰界的靈力管線，就好比排氣孔或吸氣孔。位於對面的是——」

真夜指向西北方。

「通往第一領域的通行門。因此，我想嚴守這裡的通道。」

「請問……在各個領域的地下都存在這種規模的通道嗎？」

真夜點頭回答岩薔薇的提問：

「沒錯，沿著與【通天路】同樣的路徑都有鋪設管線。」

「不過，這究竟是……誰建造的呢？」

「不知道，只能認為是打從一開始就存在了。這個機構本身是讓鄰界成立的必需品。」

「如果這裡被破壞會怎麼樣？」

「鄰界的秩序會消失，所有領域會變得像第五領域一樣不穩定。不，恐怕會比第五領域還要糟糕。靈力混亂會加速空無化，所有領域互相爭奪彼此的靈力，生靈塗炭。」

抑或是——

預想到另一個最糟糕的情況。不過，雪城真夜並沒有將這件事說出口。

「好了……妳說要加強防備，我們該怎麼做？」

「瞞著第二領域的準精靈，就靠我們搬運材料，製作要塞。幾乎是勞力作業。」

「什麼……」

真夜難得「呵、呵呵」笑了笑。不過，眼神卻死氣沉沉，沒有笑意，表情宛如通宵三天三夜畫完原稿的漫畫家。

「我總不能把這裡告訴支配者等級以外的準精靈吧，但又沒辦法獨自建造要塞。」

「也、也就是說……妳想要僕役嘍？」

「正是如此。我特別期待凱若特，因為妳有四張撲克牌。啊，我會上安全鎖，要是想洩露祕密就會起火燃燒，沒問題吧？」

「這也沒辦法……」

凱若特很快便放棄掙扎。

『哪沒辦法了是也！』『開什麼玩笑嚕！』『想成是別鬧了便可！』『請放過我呀～～！』

「別擔心，只要別洩密，保證平安無事。開封——第四書．〈絕對正義直下〉(Right Law Apostles)。你們四人……四張，除非經過我的許可，否則禁止將這個場所相關的所有事物外洩。若是破戒，一律以第五書．〈火屋殺人事件〉(Firehouse Mystery)燃燒殆盡。」

『呀～～！』

四張撲克牌同時發出哀號，各自身上纏繞著半透明的鎖鏈和荷包鎖，上鎖後便應聲消失。不過，四張撲克牌都銘記於心。

要是洩密，便會落得燃燒成灰的淒慘下場。

雖然氣氛像在說笑，但絕無虛言。

「喂、喂，別擅自對別人的部下立下那種誓約(Geass)好嗎？傷腦筋耶。」

凱若特表示抗議，但看見真夜從懷裡拿出時崎狂三的照片後，全身僵硬。

「還附上時崎狂三在第七領域大放異彩的影片。」

「……嗯，為了保密，的確有必要做一些處置……這也是無可奈何的事。」

『雖然是我的主子，但在這方面真的太沒志氣了……』『真是見人說人話，見鬼說鬼話嚕！』『想成一點都沒有第三領域前支配者的自尊心便可！不，不可！』『少給我用無可奈何一句話帶過，妳這個王八蛋！』

「有一個人語尾跟平常不一樣耶！……算了，放心吧，你們不會被拷問或逼問，頂多只會被準精靈問在做什麼而已吧？到時候只要一笑置之，趕快逃跑就好。」

『（不情不願）好的～』

撲克牌們儘管不服氣，還是勉強同意。凱若特獲得他們的同意後，這才放下心來。

而岩薔薇則是故作優雅地走到真夜面前。

「那個，我覺得自己不太適合肉體勞動……」

「妳在說什麼呀，時崎狂三的分身岩薔薇，妳也要賣力地勞動。而我也會拚命做自己平常絕對不會幹的體力活。」

「怎、怎麼這樣……」

「好了，動作快！時間不等人！為了死守第一領域的通行門，必須把材料運進這裡！」

真夜邁步奔跑，凱若特緊跟在後，而岩薔薇則是不情不願地邁開腳步。

「……不知道另一個『我』在幹嘛。我在幹苦差事，如果她不辛苦一點，我多划不來啊。」

岩薔薇嘴裡發著牢騷，嘻嘻竊笑。

反正肯定過得不輕鬆吧。話雖如此，以她的個性勢必會悠然自得、一派輕鬆、瀟灑優雅地踏著舞步戰鬥吧。

若說岩薔薇是截取自己軟弱的瞬間而創造出來的時崎狂三，那麼她便是截取比任何人都強悍的瞬間所創造出來的時崎狂三。

◇

第九層。

——若以緋衣響的語氣來說，目前的情況「真的不妙」。

狂三抱起響奔跑，在心裡隱約想著這種事。

〈大家，前方有三個陷阱！地板、右牆和天花板，種類是針刺！是利用各個部位中央的感應器感應體溫來發動陷阱！阿莉安德妮小姐，堵住陷阱！〉

響利用【感知陷阱】技能發現陷阱，用【心電感應】即時傳達。不將話語說出口，而是利用傳達想法的方式，便能在零點數秒內溝通。

阿莉安德妮立刻用【水魔法】對前方發動「冰牆」，凍結地板、牆壁、天花板中央的溫度感應器。

〈……ＯＫ，繼續前進！後方敵人追上來了。阿莉安德妮小姐，穿過陷阱後立刻融化冰！〉

〈怎麼都是使喚我呀～～！〉

〈不好意思，這是魔法師的宿命！〉

阿莉安德妮揮舞魔杖——產生出火焰燃燒天花板、牆壁和地板。剛才的冰瞬間融化，感應到比體溫更高溫的感應器同時發動陷阱。

追上來的怪物們被巨大的針刺中。

「好耶！」

第九層幾乎是一條路，並非迷宮，而是類似通道的風格。

不過，問題在於其中所設置的大量陷阱。至今為止響默默累積的【感知陷阱】技能（Ａ級）在此發揮功效。不過，等響發現陷阱做出應對，還是太慢了。

畢竟從後方不斷出現怪物是這層的機制。想前進會觸發陷阱，在進退兩難之際被怪物夾攻。

「我覺得打造這第九層的人，個性一定很差！」

「我舉雙手贊成……」

狂三一臉疲憊地擦拭汗水。

一行人在怪物出現前的期間小憩。鋪上墊子坐下，喝水擦汗、深呼吸。雖然頂多只能休息兩分鐘，但光是這樣她們就覺得差非常多。

「過了兩分鐘，怪物要出現了。要開始奔跑嘍～～！」

響說完，三人默默地站起來，蒼與狂三交換，扛起響。

「發動【感知陷阱】，出發！」

一行人邁步奔跑，配合最慢的阿莉安德妮的速度，由狂三殿後。

「我來出面迎擊！」

狂三用〈刻刻帝〉同時掃射怪物，然而怪物卻依然奮勇向前衝。這次出現的怪物是飛行的巨龜、露出鋼鐵獠牙的巨猿與噴射的白虎。

〈新面孔好像是飛天藍龜、鋼牙巨猿和噴射白虎！唸完名字花了不少時間呢……〉

響以【心電感應】快速傳達敵人的名字。狂三邊跑邊回應：

〈怪物的名字不重要，但每隻看起來都很強呢……〉

〈正常戰鬥都很困難了，在這種狀態下更是難上加難。〉

〈蒼，妳用【敵對者鑑定】後有發現什麼資訊嗎？〉

〈嗯～～【全耐性．S】，能將所有傷害降低到五分之一。〉

〈是在小看我們嗎？不對，完全沒在小看，根本是重磅出擊！〉

響如此吐槽；所有人點頭表示同意。

〈不過啊～～我們有【全貫通．S】吧？因為很好用，就逼所有人都取得了這個技能。〉

阿莉安德妮的稀有技能【全貫通】能賦予所有攻擊貫通屬性，增強殺傷力，同時使敵方的抵禦力失效。這無疑是稀有技能，但只要累積高技能點數便能取得。因此，狂三和蒼也取得了這項技能，並將它提升到S等級。第五層之後的樓層，幾乎所有敵人能擁有某種攻擊的抵禦力，沒有貫通技能便無法成為戰力。

不過蒼嘆了一口氣，搖頭道：

〈雖然之前用【全貫通】的技能增強殺傷力，對因為對方擁有【全耐性】技能，互相抵銷後，又變回普通的殺傷力。如此一來，便無法像之前那樣速戰速決，而會進入拉鋸戰……一旦進入拉鋸戰，後方又出現怪物，便會陷入戰鬥個沒完沒了的無限地獄。〉

第九層每隔兩分鐘就會有三隻怪物從後方出現，如果不在兩分鐘以內打倒怪物，又會出現新的怪物攻擊，四分鐘後再來第三批怪物。當然，怪物出現的數量應該會到達一個極限……但狂三她們可沒有要確認的意思。

〈蒼說的沒錯～～！那麼只能逃跑了！〉

狂三有點難接受逃跑這個提議，但她也不想體驗無限地獄。

〈前方的地板上有陷阱！……不好意思，無法判定是什麼類型的陷阱，所以肯定是S級！這種情況就得麻煩狂三妳出馬嘍！〉

「了解——〈刻刻帝〉……【七之彈】！」

當響無法識破陷阱，只知道有陷阱時，狂三便會發射【七之彈】讓陷阱的部分停止時間。

雖然會消耗大量時間，但要通過陷阱只有這個辦法。為了不讓怪物占據時間，只能承受越來越沉重的精神壓力。

〈狂三，妳估計還能使用幾次【七之彈】？〉

〈大概……還能用四次吧。當然打樓層魔王時也得用到，如果不能補充時間，就必須省著點用。〉

〈了解。前、前方有……兩個陷阱！種類是左右牆面夾擊。啊，這種類型的陷阱無法解除。狂三……不行吧，我想直接飛越過去比較好！〉

〈了解。緋衣響，抓緊嘍。〉

〈倒數計時。三、二、一……好，跳～～！〉

響傳達思緒後，蒼旋即跳向空中。同時，傳出微小的異音——是厚重的石牆移動的聲音。類似大砲的轟然巨響。響發現牆面在自己的眼前與鼻尖——僅隔數公分前完全關閉，然後再次往左右開啟。

〈慘了。這牆移動速度超快！狂三，用【七之彈】！〉

〈了——阿莉安德妮小姐！〉

〈抱歉，我失誤了……！〉

牆面開啟的同時，阿莉安德妮性急地跳了進去。狂三立刻發射【七之彈】，但只命中右牆。

響看著移動的左牆祈禱：

拜託，希望牆面在正中央停下來……！

阿莉安德妮跳向時間停止的右牆，要是左牆的動作在通道中央停止就沒有大礙。

結果左牆並未停止攻勢，超越了中央領域。這樣下去，阿莉安德妮肯定會被壓扁。

「……！」

狂三打算發射的【七之彈】來不及命中左牆——〈刻刻帝〉的能力需要一點裝填時間。

而那僅僅不到一秒的空白。

卻造成現狀致命的空檔。

阿莉安德妮也明白【七之彈】來不及阻擋陷阱，這樣下去自己會被壓扁。

不過，在她跳躍的那一瞬間當然預料到了這一點。她在跳躍的同時對魔杖施展【土魔法】的【賦予硬質性】技能，將魔杖面向牆壁，當作伸縮桿使用。

〈只要撐住一秒……！〉

當魔杖用力頂住牆壁的瞬間，牆面頓時靜止了一下。但在那短短一瞬後，魔杖便承受不住壓力，輕易粉碎。

「好～～耶～～！」

然而，阿莉安德妮就利用這短短的空檔鑽出牆面。

「沒有受傷吧？」

面對蒼的提問，阿莉安德妮點頭回應。狂三緊接著發射【二之彈】而非【七之彈】，沉著地穿過牆面。

「雖然痛失魔杖……但有將無銘天使回收。」

「這樣會不會無法使用魔法？」

阿莉安德妮嘴上回答沒問題，臉色卻不太好看。

「必須再找其他東西當作媒介……但如果不堅固，施展魔法時就會損壞。」

阿莉安德妮選擇魔杖的條件是輕盈、堅固，以及方便依照想像施展出魔法（發動魔法時最注重的是想像施展魔法時的「畫面」）。

「由於我的無銘天使是水銀線，有點不好想像……不過，也只能想辦法解決了。」

阿莉安德妮的手腕伸出輕飄飄的線。

「嗯～～……『火球』。」

線的前端產生火球，但所有人都發現整體動作比從魔杖發射時來得略顯不順暢。

「對吧？有點不方便發射魔法～～」

「……只能習慣了。別說了，我們快走吧。很遺憾，怪物又要出現了。」

響說完，所有人一臉倦容，無奈地站起來，邁開步伐前進。

「哎呀？……有一扇門呢。」

最先發現的人是狂三。

「也沒有陷阱。怪物還有一分鐘才會出現……也就是說，那裡大概就是……」

「魔王的所在地嘍。本來就已經夠強了，還很有可能與空無融合。大家小心點。」

「響，妳要特別小心。」

「我知道～～……接下來我會用【心電感應】下達指示。有可能會被空無發現，狂三妳要保護我喔。」

「我知道了。」

「那麼，我要【遁形】了。」

響如此宣言後，立刻隱藏氣息。在蒼打開門的同時，阿莉安德妮掩護所有人，狂三則舉起〈刻刻帝〉進入。

響差點尖叫出聲，旋即摀住嘴巴。因為眼前出現的是一隻巨大純白的螳螂，卻有著一張天真無邪的少女容貌。擁有四隻手，每隻手都拿著武器，分別是寶劍、鐮刀、斧頭、長矛——

〈【敵對者鑑定】……唔，失敗。錯誤。名稱不詳、能力不詳，其他資訊全都不詳。〉

〈響，怎麼辦？〉

〈總之，先觀察看看。只能全部攻擊一遍，測試牠對什麼技能有防禦力。〉

〈響……在哪裡……？〉

「呃。」響這次真的發出哀號。對方也聽得見己方的【心電感應】，還利用牠的【心電感應】技能介入她們的對話。

這意味著——

〈找到了找到了找到了找到了了了了了了了了了了了了了了。〉

她們的【心電感應】敗露了……！

〈呀～～！牠在跟我們說話！狂三！〉

〈「暗盾」！〉

狂三張開漆黑之盾環繞響的周圍。猛衝過來的螳螂撞上盾牌，卻毫不介意地不斷毆打盾牌。

〈好可怕、好可怕、好可怕————！〉

「喂，那邊的怪物，看我這裡……！」

蒼出言挑釁，凌空一躍的同時，以〈天星狼〉從側面毆打螳螂。然而螳螂不僅沒被擊飛，甚至文風不動。

〈確認抵禦力。即使增強殺傷力，用武器攻擊幾乎沒有任何效果……！因為體重很重，也無法打飛牠！唯一能看穿的只有名稱，純潔螳螂。〉

〈總之就是巨大螳螂就是了！〉

阿莉安德妮從水銀線的前端同時施展四大屬性的魔法。不過，每一種魔法都沒有效果。

〈四大魔法的效果也很低。牠……不僅抵禦力強，再生能力也強得不像話。必須選擇對方抵禦力低的攻擊方法才行……！〉

〈接下來換我——嘖！〉

狂三舉起槍的瞬間，螳螂迅速跳向後方。

〈「全盾」。〉

然後張開對所有攻擊具有抵禦力的盾牌。

〈……！這是使用【光魔法】的高手！小心目眩和幻影！〉

狂三射擊〈刻刻帝〉，但並不管用。她對露出獰笑的對手回以微笑，說道：

「——算我多管閒事，如果想對我使用盾牌，最好前後左右都要設置喲。」

此時，響起「鏗」的尖銳聲響。

〈咕唔……！〉

打中房間柱子反彈回來的子彈貫穿螳螂的眼球。

「看來你對子彈沒有防禦力呢。」

〈好痛、好痛、痛死了。為什麼？為什麼要做這種事？妳究竟是誰？〉

「為什麼？我只能回答是宿命。至於我是誰嘛，我叫時崎狂三。」

〈狂三，時崎狂三，背教者，叛徒，殺人犯！〉

「……嗯，我不否認就是了。」

〈叛徒、叛徒、叛徒！我要……殺了妳！〉

「什麼……！」

狂三往後退；螳螂無視特意張開的盾牌，猛然衝向狂三。

狂三左閃右躲，一再回避，立刻使用【一之彈】加速——打亂敵方的預測。

〈牠好像對妳恨之入骨耶，妳猜得到是什麼原因嗎？〉

〈原因多到數都數不清！更別說其中還包含了空無！〉

〈我想也是！沒辦法了，蒼還有阿莉安德妮小姐，不要使用普通攻擊，強化狂三的能力，同時弱化敵方。狂三，對方是使用【光魔法】的高手，一邊射擊〈刻刻帝〉一邊施展【闇魔法】。另外，牠明顯把矛頭指向妳，也要懂得回避！〉

〈怎麼只有我這麼忙！〉

〈要恨的話，就恨那隻螳螂女吧！〉

〈光、光、【光魔法】——「二條烈光」。〉

螳螂的額頭發光的瞬間，迸發出強烈的光芒。

〈光線技！〉

狂三無法回避，並非她反應不及，也不是被什麼分散注意力或疏忽大意。

只是因為光線十分神速。狂三強忍著劇痛，一邊咂嘴，自己也發動【闇魔法】的盾牌擋下連續不斷的光線。

「……好樣的。」

狂三的低喃聲令響等人不禁直打哆嗦。

時崎狂三這名少女慎重又好戰，雖然優雅，但容易動肝火；雖然瀟灑，但鬥志有如空了的汽車油箱。

她按著流血的肩膀，轉動脖子發出「喀啦」聲。

「我要竭盡全力……殺了妳！」

——順帶一提，汽車油箱空了的話，氧氣與汽油的比率非常容易導致爆炸，只要有一點火花飛濺，都能把汽車整個炸飛。

如今，狂三燃起熊熊鬥志。

「【闇魔法】——『境界塗裝』。」

〈喂，狂三！我記得那個魔法……〉

高等級的【闇魔法】雖然威力強大，但幾乎難以派上用場。例如這個「境界塗裝」是將周圍一帶全部塗黑，連【暗視】也無法發揮作用的這片黑暗，只有唯一施展魔法的時崎狂三本人能夠自由行動。

〈大家專心在房間角落保護響，我自己行動。〉

〈喂！妳打算單打獨鬥嗎！〉

〈要打倒一隻螳螂女，我一個人就夠了！〉

〈這個人竟然說出立旗標的臺詞！〉

〈哪裡……哪裡，在哪裡哪裡哪裡哪裡哪裡……！〉

「我在這裡喲，螳螂小姐。」

狂三不顧肩傷，舉起兩把〈刻刻帝〉亂射。狂三的眼睛緊盯著挨了子彈、百孔千瘡的螳螂的身影。

當然——

〈咕、唔…………！「全盾」！〉

忍不住後退的螳螂張開能抵禦所有攻擊的盾牌。這時，狂三毫不猶豫地衝上前。雖是以靈力打造的魔法盾牌，同時也擁有為了防禦物理攻擊的物理性重量與硬度。

那便是破綻。

〈我要……殺了妳。絕對、一定……要殺了妳——！〉

「那是我要說的話。」

狂三踏上無形的盾牌，奔上頂端，用〈刻刻帝〉指著少女的眉心宣言：

「【七之彈】。」

〈噫……〉

眉心挨了一記【七之彈】的螳螂僵在原地。

〈妳用掉【七之彈】沒關係嗎？〉

「雖然可惜，但為了一口氣解決這傢伙——也只能這麼做了。」

狂三因受傷而怒不可遏，但她十分清楚純潔螳螂的戰鬥模式（也就是與空無融合後的戰鬥模式）是以拖延戰、拉距戰為基礎。

「【闇魔法】——『暗球』、『形狀變化・子彈』。」

靜止的螳螂大概是在快發出慘叫前中彈的吧，只見牠張著嘴巴。狂三收起短槍，以兩隻手托住長槍。

她要將黑暗而非影子裝填進〈刻刻帝〉。若問時崎狂三是若能辦到，她的判斷是「能」。

無論是〈刻刻帝〉、〈神威靈裝・三番〉，還是【闇魔法】這種似遊戲又非遊戲的技術，全是以靈力建構而成。

那麼，只要是和子彈擁有同樣形狀與性質的物體都與子彈無異。

裝填成功——然後，影子和黑暗以素材而言並無不同，不過，後者是魔法。而【闇魔法】當然也有強化對象的魔法。

「『黑殼』．詠唱五次。」

狂三將威力強化五次。若說普通的子彈是鉛彈，這枚子彈便等同於鎢合金彈。

之所以不同於以往，改以雙手握緊長槍，也是估計後座力會很強的緣故。被迫靜止時間的螳螂神情恍惚地凝視著虛空。

不過，子彈的效果快要失效，牠馬上就會動起來了吧。

「用這一槍解決妳。」

狂三扣下扳機。

響、蒼和阿莉安德妮為了勇闖第五地下城，聽過無數次狂三的槍聲，早已習以為常。就連轟然槍響，聽在她們耳裡都像是鳥鳴聲。

不過，這次與先前聽過的任何一道槍聲都不同。

槍響驚天動地。

蒼與阿莉安德妮起初無法判斷那是否為槍聲。響差點暈厥過去，強忍著不適，確定那的確是從狂三的〈刻刻帝〉發出的聲音。

同時打了個哆嗦。

若說以往的聲音是槍聲，這次的聲響則宛如戰車的大砲。

黑暗消融，房間逐漸恢復原本的明亮——退到房間角落的三人目睹眼前的光景後，倒抽了一口氣。

因為從螳螂的嘴巴朝體內發射的〈刻刻帝〉子彈釋放出驚人的靈力，將螳螂的肉體粉碎得如同玻璃工藝一般。

「……解決了。」

狂三隨意地撥了頭髮。汗水淋漓，周圍飄蕩著硝煙，狂三的靈裝也沾上螳螂的血。

以狀態而言，難以說是美麗。

即使如此——即使如此，響還是認為戰鬥完畢佇立在原地的狂三有種藝術美。

第九層破關。就這樣，她們即將挑戰最後一層。

◇

——第十層。

那名召喚術士早已認清自己不過是一枚棄子。然而她的內心卻雀躍不已，洋溢著愛與希望。

「哼～～哼～～哼～～哼哼～～♪哼～～哼～～哼哼～～♪」

她輕快地哼著歌。

單手拿著巨大的棒子，專心在地面描繪圖形。

「笑吧、笑吧、笑吧，哭吧、哭吧、哭吧，不過，已不再需要這些感情，只要考慮為女王而死就好。」

思考很麻煩。

勞動很痛苦。

放空腦袋，單純動作就好。

召喚術士的職責說穿了就是如此。心無旁騖地不斷描繪龐大無比的召喚陣——說得更正確一點，是類似3D列印設計圖的東西。

這是白女王賜予她的知識。

她以鄰界編排時所出現的黑柱傳送而來的記憶為基底，不斷描繪「那個」。

數式——賦予構成鄰界一切的靈力指向性。

那便是召喚術士的能力。她侍奉名為白女王之神，能藉由組合數式與圖形召喚第五領域所有的怪物。

不過，現在召喚術士正在創造的並非那種程度的事物。

而是依字面所示，讓另一位神顯現。

白女王曾說：

「我有『那個』的記憶。畢竟我在搶奪無數次的過程中目擊了。『那個』擁有與我相同的力量，卻不像我一樣會思考，不抱持任何信念，沒有真情實愛，遠比妳們空無更加空洞……像個虛無的人偶。不過，肯定十分有用。」

這是第五領域的奇幻世界才能做到的超凡技術。

原本是無法將如此龐大的靈力注入一具鑄模，就和無法讓龐大的水凍結是一樣的道理，結果會煙消雲散。每個準精靈都擁有自己這個鑄模，尺寸各不相同。

如今召喚術士正在製造的，是與白女王——或是時崎狂三匹敵的鑄模。

雖然不知道她是誰，又是何方神聖。

唯一理解的只有一件事，那就是白女王打算利用她正在製造的這名少女，另一方面又對她感到畏懼。

「——老實說，我怕得要命。不過如果那是只能在第五領域生存的炸彈，就沒問題了吧？反正我又不會去那裡。」

沒錯。正是如此，白女王。

這枚炸彈不僅是震撼鄰界的核子彈，還是殺死時崎狂三最佳的武器。

『時崎狂三突破第九層，抵達第十層。』

「……不愧是時崎狂三。啊啊，不過……」

可惜的是，妳的速度敵不過我；妳的子彈，打不中我。

而我的圖形剛才已繪製完畢。

「召喚陣……完成。」

地面隆隆震動。召喚術士完成的圖形匯集靈力，形成一隻怪物。她無暇喘息地著手下一道步驟。

「自流出而至形成。第一欠缺，第三孕育，第五翻轉。獲得勝利與榮光，於第十誕生。自形成而至人生，自人生而至妖精，自妖精而至[redacted]。」

召喚術士繪製的，是把整個鄰界視為召喚陣的巨大圖形。第三領域與第五領域連動。第三孕育，第五「翻轉」，建構召喚陣。

然後於第十領域排出結果。

「……！」

——來了。

那無庸置疑是天賜的祝詞。使用龐大靈力及整個鄰界的召喚陣形成的召喚術士的重大機密。

當然，過去曾為空無的召喚術士並沒有這種能力，是白女王賜給她這個無銘天使。

大概是白女王從某個準精靈身上奪取而來的能力吧。

搶奪無銘天使據為己有，甚至複製搶奪而來的無銘天使，隨便給予。

所以才會獲得女王的稱號；所以才是人人畏懼的怪物。

召喚術士在召喚完畢後，已經掌握誕生之物的行蹤。在第十領域出生的她應該正急急忙忙地前往這裡。

「來了……筆直地過來了。接下來準備傳送…………咦…………？」

雖然白女王有通知她自己召喚的「那個」是什麼東西，但當時她並未真正理解白女王話中的含意。

她是為了白女王誕生的怪物與空無的融合體，擁有某種駭人的氣息，並且強韌又殘暴。

所以她也以為「那個」是跟自己八九不離十的生物。這是召喚術士直接沿用白女王的認知所造成的致命性錯誤。

召喚術士「觸及了這鄰界絕對不可侵犯的禁忌」。

◇

第十領域。

蒼的師傅篝卦葉羅嘉目不轉睛地盯著「那個東西」。

「我說……葉羅嘉小姐……」

擔任葉羅嘉隨從的準精靈小心翼翼地出聲向她攀談。葉羅嘉眼前有一塊黑色物體。

約一輛輕型汽車大小，形狀是球體，下方被壓扁的模樣也很像包子。黏呼呼的，沸騰冒煙，卻感覺冰凍得嚇人。

「最好不要靠近……」

就連只在一旁觀看的準精靈都能明白那玩意兒不好惹。

「我知道。妳們才是，絕對不要再靠近。」

葉羅嘉緊盯著那玩意兒，一邊說道。她害怕自己一挪開視線，就會發生什麼無法預料的事，甚至連眨眼、離開視野一瞬間都害怕。

啊啊，不過，可是啊——

（這……究竟是什麼……？）

在第十領域的戰鬥兩三下就解決了，大概是因為主要幾個有力的戰鬥型準精靈都被前支配者「操偶師（Doll Master）」殺光了吧。

葉羅嘉的統治（也就是以蠻力讓對抗的準精靈閉嘴）進行得十分順利，但對突然出現的這個東西也難掩動搖之情。

像是煤焦油或重油，卻能感受到它散發出強烈的靈力。

難不成是被譽為傳說的那個——

「……白痴，我在想什麼蠢事啊。」

葉羅嘉用拳頭「叩、叩」地敲自己的腦袋。「超級惡夢」，現在沒必要也沒有餘力去思考那種事。

「該怎麼辦？」

「……我先張開結界。千萬不要來幫我，我一個人比較容易集中精神……！」

葉羅嘉的雙腳踏著獨特的步法。魔法步伐——她一邊跳躍一邊描繪五芒星。

「好久沒用這招，都快忘記了……能成功嗎？」

「葉羅嘉大人，請不要加上這句令人不安的話啦。」

「我知道、我知道啦！……怨離若成，祝賀大筐、大龜、太陰、大壽。仁忠萌芽，高埜應斷。六道迷途，回歸黃泉路。皆為戲謔，乞求赦免！」

語畢，響起「喀嚓」的上鎖聲，同時出現半透明的立方體罩住黑色團塊。

葉羅嘉雖是超級武鬥派，但在製作結界或驅邪除魔這方面也是一等一的好手。

「我把那玩意兒關進律令鬼筐，應該暫時不用擔心了。好～～先不理它～～！還得重建壞掉的東西、聯絡與整頓剩下的準精靈等等，要做的事情一大堆呢～～！」

「是～～！」

聽見令人舒暢的回答，葉羅嘉心滿意足地點點頭。

這下子，這個第十領域也暫時安泰了吧。接下來只要身為支配者的葉羅嘉好好掌控，盡量避免不必要的廝殺便可。

說是這麼說，還有第五領域的事尚未解決。可以的話，希望把其中一件事交由蒼負責——

就在葉羅嘉隱約思考到這裡的時候——

「……什麼……？」

「她震驚得全身碎裂」，身體支離破碎，思緒紛亂，甚至一瞬間忘記自己是何人、做了什麼事。

她想望向殺氣傳來的方向，但本能發出警訊。

警告她「絕對不要看」。一旦對上眼，將會輕而易舉地被消滅。

警告是正確的。不過，理性拒絕了本能。

自己身為支配者，有責任一探究竟。

於是她回過頭——然後打從心底後悔不已。

直到剛才還呈現包子或史萊姆形狀的神祕物體，如今正改變形體，令她聯想到曾經看過的巨大３Ｄ列印正在形成某種東西的畫面。

那個形狀十分眼熟。

兩腳步行的生物、手持武器的生物、穿著衣服的生物。

也就是，準精靈。不過，不過如果只是一名少女的樣貌，她還能接受。

也能做出九字結印，使用靈符來對付她。

然而，位於眼前的並非普通的準精靈。

「……妳是……！」

貨真價實，無與倫比的災禍。身穿漆黑靈裝，手持巨劍，非比尋常的怪物。沉默不語。絕對的死亡象徵。

怪物一語不發地隨便揮了一下寶劍。原本從內側絕對無法打破的鋼鐵結界如紙屑般碎裂。

「什麼——」

葉羅嘉等人啞然無言。怪物不理會她們，逕自仰望天空。葉羅嘉立刻朝她的周圍拋撒靈符。

怪物以發射火箭般的速度飛向空中。數秒後，體認到自己還活著的準精靈們才鬆了一口氣。

「剛才那是……」

一名準精靈呆愣地如此低喃。葉羅嘉旋即朝她吶喊：

「抱歉，第十領域先交給妳處理，我去追那傢伙。不妙，那傢伙絕對不妙。必須知道她要去哪裡才行……！」

所幸探查用的靈符順利附著在怪物的靈裝上。在這段期間，她也正以飛快的速度在第十領域飛翔。

「葉羅嘉大人！」

「少廢話，我走了！」

篝卦葉羅嘉也飛向天空追逐怪物。然而即使她全速前進，也無法追上前方的怪物。不過，只要知道她飛向哪扇通行門，或許有可能捷足先登。

「是我！篝卦葉羅嘉！通知所有支配者！第十領域……發現疑似『精靈』的生物！請求戰鬥型準精靈全體出擊！……可惡！她正前往第九領域！瑞葉還有璃音夢！快點發布避難警告！」

目前鄰界本來就有白女王和她的軍隊在搗亂，現在又出現「那種玩意兒」，老實說根本應付不來。

「……不，等一下。」

葉羅嘉打了個寒顫。那玩意兒為什麼會突然出現？是偶然嗎？還是故意的？

假如是故意，又是誰召喚出那種東西的？

……是我們這邊的人一時失控嗎（雖然不知道是用什麼方法召喚出來的）？還是……

這也是白女王使出的其中一個手段嗎？

「啊啊，真是，王八蛋！」

葉羅嘉胡亂搔了搔頭。她這名少女雖然跟輝俐璃音夢一樣屬於即時享樂主義者，但責任感又

比璃音夢強。

順帶一提，葉羅嘉認為璃音夢雖然缺乏責任感，但擁有預測未來的天賦，下意識選擇更樂觀的未來之能力……（但本人不太了解她自己的能力）

——總之，先追再說。

不管追逐的前方有什麼結局在等待著自己，都必須查出那傢伙的所在地。

因為所謂的災禍是無論是否存在著惡意——都會將接近者全部吞噬至死。

○於是，災禍降臨

……首先說明她是個什麼樣的存在吧。

她是基於白女王與召喚術士的惡意誕生出來的，目的是造成第五領域的混亂，甚至毀滅。

她沒有心靈——有的只是為達目的所產生的衝動。

她不會思考——即使沒有思緒，她也擁有令人絕望至極的力量。

她沒有希望——有的只是破壞這個目的。

鑄模完美無缺，外表也模仿得幾乎無懈可擊。不過，沒有注入靈魂。因為不需要，而召喚術士也不知道如何注入靈魂。

所以她是百分之百的戰鬥機器，同時也是災禍的化身。

……曾經看過她身影的準精靈早就從鄰界消失已久，現任支配者中也沒有人知道關於她的事，就連必定會追蹤她的篝掛葉羅嘉也只是「知道她是個貨真價實的地雷，卻沒有料想到地雷的破壞力」。

她從第十領域飛到第九領域，從第九領域飛到第六領域，再從第六領域飛到第五領域。

「好快！」

篝卦葉羅嘉拚命緊追在後，卻被狠狠甩在後頭。勉強利用追蹤用的靈符（蘊含靈力的符籙。葉羅嘉能利用靈符進行各式各樣的戰鬥方式）得知她的行蹤。

以驚人的速度飛翔的她抵達第五領域後不久，停止前進。

「第五領域……」

葉羅嘉發現她的目的地是自己所統治的領域。

那裡有她的弟子蒼，還有其他戰鬥型準精靈正在戰鬥，必須想辦法阻止她才行。

「……會死多少人呢……」

葉羅嘉吐出喪氣的呢喃。會死吧，肯定會死。不，不只如此，連是否能戰勝都不得而知。包含自己在內，有幾個人能倖存呢——

「不過，為何會出現那種東西？」

第十領域的靈力處於穩定狀態。自從時崎狂三討伐「操偶師」後，偶爾才會發生幾次廝殺，所以光是篝卦葉羅嘉抵達第十領域，統治便進行得很順利。

由於對方的實力明顯差自己一截，葉羅嘉並沒有殺死對方，甚至還讓對方使出全力戰鬥。

這時剛才那塊黑色物體突然出現在她眼前——如今則化為少女的姿態，以飛快的速度前往第五領域。現在回想起來，那塊黑色物體依舊出現得毫無徵兆。

「跟白女王……」

應該有關吧。搞不好是她派來的新手下。不過——

思緒不斷縈繞，宛如在沒有出口的迷宮徘徊。葉羅嘉暫時停止思考，專心追趕她。

抵達第五領域後，她突然開始下降。還以為她要降落在一片空曠的草原，隨後卻默默地劈砍地面。

「……啥？」

巨劍一揮，地面便下陷。目睹可能破壞整個世界的一擊，葉羅嘉啞然無言。而她並未採取著地姿勢，而是從頭部鑽入地面。

「這裡…………難不成是…………」

第五地下城「Elohim Gibor」。目前白女王軍隊駐守的最難關地下城。

「……果然是被召喚來的嗎？」

葉羅嘉利用靈符通知部下自己將直闖地下城後，毅然決然地獨自飛進被貫穿的洞口。

◇

「終於！來到第十層了，好耶～～！」

響歡欣鼓舞地轉圈圈。狂三嘆了一口氣，輕輕打了一下她的頭。

「好痛，幹嘛打我啊。」

「妳太鬆懈了，稍微注意一點——」

「可是，從剛才起都沒有怪物出現啊。這是那個吧，最下層是大魔王專用，完全沒有其他蝦兵蟹將的模式。」

「或許吧，但千萬不要掉以輕心。」

「好啦～～」

有別於第九層的長廊，第十層下樓後立刻來到一間寬敞的房間。兩邊牆面井然有序地排著一扇扇鐵門。狂三一行人推測下樓後位於正面的那扇特別大的鐵門裡頭就是大魔王的房間。

「怎麼辦？要一扇一扇進去嗎？」

蒼說完，阿莉安德妮與狂三互相對視。

「感覺會有什麼新發現——」

「也有可能是敵人在等候～～」

「那我建議先打開一扇門觀察裡面的情形吧。假如有敵人在，那就直接前往疑似大魔王房間的那個場所。若是有什麼有趣的東西，就從頭一扇一扇打開來看看。」

沒有人對響的建議提出像樣的反對，一行人便決定先打開最左邊的那扇門。打開前，響姑且先觸摸鐵門感受是否有陷阱或敵人的氣息。

「……沒有陷阱和敵人的氣息。不過，若是對方使用【潛藏】或【隱形】，我也沒轍就是了。狂三妳能感受到敵人的氣息嗎？」

「我沒有那種探查的技能……不過，如果要我以直覺猜測……這裡面並不存在生命體。」

觸摸鐵門的狂三說完，所有人點頭表示理解。

「嗯，比起我，狂三那不輸技能的第六感可信度比較高。那我要開門嘍～～！」

響打開鐵門。看見門內的「東西」，有人失望；有人沒有什麼想法；有人發出低吟；而有人則是——

「交給我吧。」

毫不猶豫地邁步奔跑。位於房間中央的是黑色方柱，也就是鄰界編排時出現的殘留記憶。

而那方柱有極高的機率會「出現某個少年的回憶」……！

「狂三，這裡算是第十層喲！」

「那個東西有什麼問題嗎？」

「我也不知道呢……」

感到困惑的兩人、驚慌失措的響，以及拋下三人，毫不猶豫觸摸方柱的狂三。

於是，排山倒海的情報立刻朝她湧來——

◇

火焰。熊熊烈火包圍四周。

不管面向哪裡，走向哪裡都是一片火海。而「我」似乎是一名年幼的少女。

視角很低，左右手不斷擺動，眼睛不停流出溫熱的液體。

身體並非憑我的意志在活動。真要說的話，像是處於不能隨心所欲活動的夢境狀態。身體依照這孩子的意志擅自行動。

這孩子的思緒強烈地傳了過來。希望有人幫助她、拯救她，希望有人陪在她身邊。

她的願望如此純粹簡單，卻是目前最大的難題。

不過，自己確信她一定能死裡逃生，絕對能平安脫險。

——因為自己知道有個英雄會在這種時候趕來救她。

——因為自己知道那個人就算無能為力，只要聽見求救聲便會奮不顧身地邁開腳步奔跑。

「■■！」「■■■■■■！」

雜音。不知道名字，也無法看清長相。這是一如既往的事，雖然感覺有點難過、有點不安。

啊啊——奔跑過來的那個人。

面容比往常稍微……不，十分稚氣。然而他的本性絲毫未變。

年幼的他拚命奔跑、奔跑，即使跌倒也毫不氣餒，一個勁兒地朝這裡奔來——

啊啊，我懂。我十分明白。

這個年幼的孩子有多麼渴望他的到來，有多麼信任他。

痛徹心扉般地感同身受。

其他人不會理解我這種心臟緊縮……欣喜到悲傷的心情。

◇

「我……心滿意足了……」

狂三回來時一臉沉醉，神情宛如戀愛中的少女。

響早已司空見慣，但蒼與阿莉安德妮似乎大為震驚。

「這裡好歹接近敵人的大本營……妳到底是有多享受啊……」

響傻眼地詢問。

「才沒那回事呢，換算成時間大概不到五分鐘吧。不過，是那個人的記憶。那個人拚命想拯救一個小女孩——如此『理所當然的瞬間』。真是……真是太帥氣了……」

「咦，那個，我說啊，呃………………妳是時崎狂三，沒錯吧？」

蒼戰戰兢兢地問道，狂三便歪了歪頭，一臉疑惑地回答：

「蒼，妳怎麼了，是撞到頭了嗎？」

「原來如此，是時崎狂三沒錯……」

「這樣啊……是傳說中的那名『少年』啊……聽說他在另一個世界。」

「才不是傳說，他絕對存在，就在現實世界。」

「會沉迷的準精靈好像都會被他的記憶迷得如痴如醉呢～～」

「阿莉安德妮小姐妳有看過那個記憶嗎？」

「我刻意避免去體驗～～要是不小心著迷，可能會想回到那一邊。那是不被允許的事吧？」

「呃……為什麼不被允許？」

響脫口提出這個疑問後，後悔的情緒一湧而上。她覺得自己實在不該問剛才那個問題。

於是，阿莉安德妮帶著不容分說的莫名魄力，平靜地回答：

「『因為我認為死者不應該返回生者的世界』。」

——狂三聞言，下意識地按住胸口。

自己有無數的論點可以反駁。例如自己沒有死去的記憶；例如既然第一領域是未知領域，只要前去一探究竟，或許就能有什麼發現；例如假使已經死去，如今自己等人又為何存在於此？

但若是反駁，議論得更加深入後——

狂三有種強烈的感覺，得到的結論會令自己感到無比絕望。

「我覺得自己並沒有死。就算死了也會死而復生……不過，並不是為了想去另一個世界。」

蒼如此說道，偷偷瞥了一眼狂三的側臉。

狂三微微低著頭，看起來像在強忍著什麼情緒。

蒼像是大受打擊，該說感到震驚嗎？總之有一股並非痛苦的巨大情感注入她的內心。阿莉安德妮望向狂三與蒼。蒼若無其事地告知：

「據說時崎狂三想去另一個世界。」

「這樣啊……希望她能如願。」

「哎呀，阿莉安德妮小姐妳願意聲援我嗎？」

阿莉安德妮露出天真無邪的笑容說道：

「當然願意呀～等打倒白女王後，我會大力聲援妳的～～」

「用不著擔心，我一定會打倒白女王。」

氣氛可說是十分奇妙。兩人彼此展露笑容，也對彼此的話語抱以信賴，儘管如此，卻充斥著劍拔弩張的氣氛。

洋溢著一秒後開始廝殺也不足為奇的氣息。

（咦，為何？為什麼事情會變成這樣？不是只正常地在說話而已嗎？）

狂三與阿莉安德妮並未理會一頭霧水的響，因為兩人十分清楚彼此為何會擺出這樣的態度。

狂三發現阿莉安德妮「打倒白女王後就聲援」這句話是違心之論——而阿莉安德妮則是發現狂三說「一定會打倒白女王」這部分是信口開河。

不過，兩人的不實發言各有相異之處。

阿莉安德妮是在立場的部分說了謊，而狂三是在打包票的部分說了謊。簡單來說，阿莉安德妮一旦到了關鍵時刻，根本不會聲援狂三。「情非得已時」，「拚死也會阻止」狂三試圖回到現實世界的行動——她是為此而撒謊。

至於狂三——則謊稱自己一定會打倒白女王。她並非不去打倒白女王，也絕不會選擇和解或服從。只是她說得一副好像「有可能單純以力量壓制白女王」——這是在說謊。

因此就算氣氛殺氣騰騰，兩人也沒有採取更進一步的行動，畢竟雙方說的都只是假設而已。

不過，這個空間依然充滿殺意。

「妳們兩個，我們去下一個房間看看吧。」

蒼突然輕易就打破僵局。

「咦，在這種空氣下嗎，蒼？」

「空氣什麼的，吸一吸就好。」

「妳說的是沒錯啦。不對，此空氣非彼空氣啊。」

蒼對於不是投向自己的殺意興致缺缺，更遑論狂三與阿莉安德妮之間難以理解的殺意。

「比起什麼空氣不空氣，我更想再看一次時崎狂三剛才的表情！」

蒼難得扯開嗓門說道。

「咦？」

「妳說什麼？」

「哇喔～～」

殺氣瞬間煙消雲散，阿莉安德妮深感佩服。姑且不論蒼是有意還是無心，她兩三下就破壞了現場僵持不下的氣氛。

狂三一臉不知所措；蒼一把抓住她的雙手。

「原來如此，我明白了。『那就是時崎狂三的戀愛啊』。雖然跟我懷抱的愛情形式不同，但妳的那種表情讓我很感興趣，覺得既開心又有意思，重點是妳美得令我心動不已。所以，再多擺

一點那種表情吧。」

蒼的眼神充滿期待。

「這、這樣啊……呃，我說……響，我該怎麼辦？」

「還能怎麼辦……機會難得，只能四處轉轉了。」

糟糕，有點冷漠。響覺得自己說的話聽起來很酸。蒼說狂三戀愛的模樣很美。

——多麼純粹的感想啊。

那是響再也說不出口的評論。她壓抑自己五味雜陳、想大叫出聲的焦躁感，在心中深深呼吸了一口氣。

「好，走吧！畢竟是狂三珍愛的人，必須了解得一清二楚！」

「怎麼連響也跟著起鬨……真是的……」

「不過，還不能確定其他房間也有方柱。然而從這個井然有序的排列方式來判斷，我想其他房間應該也有。」

「可是，大魔王就在眼前了耶……」

「現實比奇幻世界重要啦！」

「……差點被蒙騙過去了，以現實層面來思考的話，應該以大魔王為優先吧？」

「我自己說完也覺得怪怪的。不過即使走到這個地步，我還是希望狂三妳以『那個人』為優先。」

響說完，狂三考慮了片刻——慢慢地搖搖頭。

「咦？這樣好嗎？」

「不好。不過我只是覺得打倒大魔王後再觸摸記憶，可以比較鎮靜地去感受。這是我的欲望，百分之百是私欲。」

「……算了，反正這樣才有任性女王狂三的風範嘛！」

「妳、說、誰、是、任、性、女、王、啊？」

「嗚哇！這種被剜挖般的痛楚感覺好新鮮啊痛痛痛痛！」

聽響這麼一提，狂三也心想「好久沒用這招了呢」，一邊用雙拳抵住響的太陽穴轉動。

「唔。所以要先打倒大魔王嘍？那就快點速戰速決吧。」

「要是真能速戰速決就好了～～第九層的魔王也相當殘暴耶～～」

「就是說呀……所有人最後再檢視一次技能吧。」

在大家各自檢查掉落物當中有沒有可以使用的回復藥，勤奮地檢閱技能時，狂三再次凝視那項YES／NO的選單。

【時間魔法】——子彈的交換選單。

真的有可能辦到這種事嗎？就算有可能好了，那能交換回來嗎？

……狂三思考了一下，決定先延後處理——搞不好會永遠延後。她如此心想。

「怎麼了？」

「……沒什麼。」

狂三搖搖頭，關閉取得技能的畫面。

「哎，狂三妳可能會像在第九層時一樣，什麼都一個人包辦。不過若是有我能幫上忙的地方，儘管跟我說喔～～」

響說完，狂三眨了眨眼。

「……說的也是。有些事情我不知道，也沒辦法憑一己之力完成……而響妳總是理所當然地填補我不足的部分。」

「咦？」

這次換響眨了眨眼。狂三撇過頭，玩弄著頭髮，嘟起嘴呢喃：

「……我很感謝妳。」

——狂三露出害羞的表情。

響的腦袋一時接收過多的資訊量，再加上幸福感一湧而上，她拚命斥責指示身體昏厥的大腦振作起來，才勉強保持平靜。

「所以，我想請教妳一件事。」

「豪、豪的。什麼事……」

響一邊保持平靜（並沒有），一邊回答。

「？……在取得技能前，有方法可以知道那是什麼樣的技能嗎？我想確認【？】技能，但因為它沒有顯示名稱，無法確認的樣子。」

「這個嘛……只有用途廣泛的技能才能在取得前確認。像妳的【時間魔法】這項技能，好像因為太特殊而無法查詢取得前的資訊。」

「待在鄰界的時間比我久的響，我想請問妳。」

「好的好的，儘管問！」

「如果用這項技能讓我的能力產生變化——是只限這個第五領域嗎？還是離開第五領域也不會改變？」

響啞然無言。

「這個嘛——呃……」

不知道呢。恐怕鄰界的所有準精靈都沒想過要挑戰這種事。畢竟要改變的不是在這個第五領域學會的技能，而是登錄為技能的無銘天使的能力。

……比如說，若是精神狀態產生明顯的變化，無銘天使或靈裝的能力和形狀也會跟著產生一些改變。響就是其中一個例子。空無時期完全沒有能力的短木棒，竟然在自己下定決心要打倒

「操偶師」的瞬間，變化成〈王位篡奪〉這個無銘天使。

當時，短木棒的形狀變化成巨大的鉤爪。

不過，這次的情況並不相同。

「妳的意思是……後天性地……讓自己的能力產生變化對吧……這個嘛……呃，是指『那個』嗎？」

響避免讓蒼和阿莉安德妮兩人聽見，偷偷指了狂三的短槍。看見狂三點頭後，她才開始絞盡腦汁思考。

這有兩種……不，有三種可能性。

第一種是單純「無法辦到那種事」。狂三的〈刻刻帝〉是特異中的特異，即使在第五領域也不可能改變它的能力。這可說是非常妥當的結果。

第二種可能性是「只在這個領域內產生變化，到其他領域便會恢復原狀」。第五領域的靈力千變萬化，形成巨大且細緻的體制。即使是〈刻刻帝〉，也無法擺脫它的影響。不過，只要踏入別的領域，就會成立其他法則，這就是鄰界。前往其他領域後，讓〈刻刻帝〉產生變化的要素便會消失。

……這個結果也算妥當。

然後是第三種，「改變後的技能，以後也不會再復原」。因為狂三、響、支配者還有這個地下城，一切事物基本上都是由靈力創造出來，說得極端一點，就連響腳下的小石子也是以跟響同樣的素材製成的。在現實世界中，氧氣和氮氣是不同的化學原素，但在鄰界都是靈力形成的。

——可怕的是，以邏輯來思考的話，第三種可能性也非常高。

事到如今，自己已不再懷疑時崎狂三自稱為精靈這件事。不過即使是她，也必須遵守鄰界的法則。被殺會喪命，並非不死之身。

既然如此——

「……系統訊息標示得都很正常吧？」

「嗯，很正常。」

「那麼，嗯，恐怕是真的可以改變能力——而且永遠不會變回來的機率非常高。」

「……是這樣嗎……」

「當然，也有可能是我研判錯誤就是了。」

「謝謝妳，我會參考妳的意見。」

「所以……妳打算怎麼做？真的改變〈刻刻帝〉的能力嗎？」

「怎麼可能。無法復原的話，風險太高了。」

「就是說呀～～〈刻刻帝〉的能力真不是蓋的。」

響回想〈刻刻帝〉的各種能力，讓時間加速、減速、老化、倒回、使用類似心電感應的能

力、讓時間停止，甚至可以產生分身。

面對響的誇讚，狂三難得以沉默代替回答。

〈刻刻帝〉的能力確實比其他無銘天使壓倒性地強大。不過，也並非沒有弱點。不但缺乏直接的破壞力，也無法進行全體攻擊（真的說的話，頂多只能用【八之彈】製造分身，一起攻擊吧）。

不過，時崎狂三完美地掌握了自己複雜的能力，並且戰勝所有強敵，存活至今。

狂三自己也堅信——她之所以能在鄰界戰無不勝，並非單純只靠〈刻刻帝〉的力量，而是她拚命存活至今的求生欲。

狂三相信響提出的假設，然後做出決定。

「……好了，走吧。去打大魔王。」

「好的，加油吧！」

——以結論而言，位於第十層的白女王部下召喚術士並沒有與時崎狂三一行人交戰。當然，就算真的戰鬥了，也會被秒殺吧。

召喚術士連第五地下城第一層的怪物都打不過。但是，召喚術士的特性是不會被怪物視為敵人，而且基於【地下城城主】這項技能，擁有這座地下城的支配者權限，能自由地操縱出現的怪物。

所以——也不能這麼說就是了，召喚術士如此思忖——能與時崎狂三戰鬥而死的自己，是何等光榮啊。

時崎狂三是擁有與那位白女王不相上下的本領與力量，如惡夢般的存在。

能戰勝自然是好，即使戰敗也毫不後悔，因為自己已經把鬼牌召喚過來。

然而那張鬼牌卻變成自己的一場夢魘。她隨著一聲破壞地下城的轟然巨響而來，正當召喚術士要對她下命令的瞬間——

「咦？」

還以為她死了。造訪此地的她瞥了一眼召喚術士，以死氣沉沉、冷漠無情、空洞無比的視線射穿召喚術士，令召喚術士感受到被捏碎般的衝擊。

「嘎、啊……！」

召喚術士張開嘴，卻發不出聲音。對方的狀態、存在感與本質的等級和自己有著天壤地別。

……如果硬要再舉一個她所犯下的錯誤，那就是在此時活動身體吧。她踉蹌了一下，不小心——輕輕撞上來訪的「她」。

「啊。」

於是，響起一切粉碎的聲音。

◇

鄰界起初是由精靈支配。不過，並非指權力上的支配，而是單純以現象的形式來支配。有時是暴風雨，有時是打雷，是純粹的能量，是一種破壞。那裡不存在惡意與善意，甚至感受不到個人的意志。

對當時的準精靈而言，俯臥畏懼、每次望向天空時便祈禱是她們唯一能做的行為，而且毫無意義。

時代變遷。

精靈消失，準精靈崛起。環繞的靈力遍及整個鄰界，創造出一個世界。即使如此，準精靈內心依然感到懼怕。

懼怕一切歸零——怪物再次降臨。

而如今，無名的召喚術士使她們的懼怕成真。

精靈回歸、災禍凱旋，如字面所示的惡夢出現在第五領域第五地下城第十層。

「噫～～！這這這這是、這是怎麼回事呀！」

震耳欲聾的巨響與震動令響不禁大聲慘叫。蒼微微皺眉，而阿莉安德妮則是以狩獵時的冰冷目光瞪視第十層的鐵門。

「是、是不是發生什麼事了？」

「一定有發生事情才會發出這麼大的聲響吧。」

「……要去看看嗎～～？」

阿莉安德妮望向狂三，蒼和響也是。三人都認為狂三肯定會理所當然地去打開鐵門吧。

然而，狂三嚇得連〈刻刻帝〉都忘了拿，雙手抱住自己，全身微微顫抖。

「狂三？」

只有狂三察覺到只要打開這扇門，等待她們的便是淒慘的地獄。看見她非比尋常的模樣，令原本打算開門的蒼等人也停下腳步。

「……快逃……」

話只說到這裡，便傳出「咻！」的微弱聲響。蒼也感受到有一股冰冷凍寒的風從她背後的門吹來。

不過，那是一道「斬擊」。

幸好蒼在意狂三的反應，立刻停下腳步。如果再向前一步，蒼便會被「她斬開門的劍氣所波及」，消失在這個世界上吧。

蒼無法回頭。

直覺在她耳邊呢喃，自己一回頭便會喪命。不過，她知道背後一定有什麼東西存在，所以不得不回頭——然而，身體卻拒絕她這麼做。

阿莉安德妮想閉上眼睛。

看見不該看的東西是禁忌的行為。乾脆睡覺算了，但是身體拒絕在她面前入睡。明明在戰鬥中都能發睏，這還是她第一次只是與敵人面對面就產生這種反應。

狂三就跟剛才一樣，一直在發抖。

面對不該相遇、不該戰鬥的東西所帶來的恐懼貫穿她的全身。

只有響能正常說話行動。

「大家……小心！向後退！」

聽見這句話，蒼、阿莉安德妮與狂三反射性地後退。

「狂三，妳知道『她』是何方神聖嗎？」

「……」

「狂三！」

聽見訓斥般的吶喊，狂三這才終於回過神來。

「是的、是的，我非常、非常清楚。說得更正確一點，我知道的是她的原型。」

狂三不記得她的名字，但是認識她。就某種意義而言，自己已本能性地將她的情報刻在腦海裡。因為是「同種」。

「她跟我一樣是精靈。恐怕，是精靈的反轉體吧……和我一樣，不，是比我更不該……出現在這裡的人物。」

所有人啞然無言，注視著出現的少女。

因漆黑而微微發光的鎧甲、黑色的裙子、如玻璃般透澈的眼瞳，手持巨劍。

全身上下都散發著美麗、瘋狂與絕望的氣息。

純真的怪物，同時也是虛無的災禍——佇立在現場，力壓鄰界的萬物，令曾經以一擋百的少女們張口結舌。

響好不容易擠出聲音說：

「大家，這個人的背後……」

所有人這才發現被破壞的門內有一名變得粉碎，正在消失的空無。地板上畫著複雜的圖形。

「看起來像是召喚陣。那麼，那個空無是召喚術士嘍……啊啊，這傢伙該不會是她召喚出來的吧？……蠢不蠢啊～～？」

阿莉安德妮一臉傻眼地呢喃。

「她是能召喚的嗎？」

「與其說召喚，這種情況應該說是創造出來的比較正確。與創造怪物是同樣的手段，只是規模更大。」

「讓普遍取得魔法技能的我發表一下意見～～基本上是不可能用召喚魔法召喚出這種東西的～～……如果有可能，我想應該是繪製了超級大規模的召喚陣。」

「大規模是指多大？」

「嗯～～～……整個第五領域那麼大吧。」

阿莉安德妮如此說道，天空旋即降下巨大聲響。

「妳說錯了，阿莉安德妮！正確答案是整個鄰界！」

一名少女從第五地下城被劈開的洞口直達最下層，輕盈地降落在蒼的身旁。

少女身穿前襟大開的巫女服，好勝的眼瞳閃耀著殺意，急促的呼吸顯現出她的鬥志。

「……師傅！」

蒼罕見地情緒波動，大聲吶喊。被她稱為師傅的篝卦葉羅嘉指間夾著靈符。

「雖然有許多話想告訴妳，不過得先解決這傢伙。我就直說了，這傢伙沒有靈魂，只是個會自動活動的人偶。」

「人偶……這、這樣還算人偶？」

響目瞪口呆地低喃。

「妳說沒有靈魂是什麼意思？」

「這傢伙只有戰鬥能力，甚至沒有接受任何人的命令。但是，卻有作為生物的本能。」

「妳的意思是……」

「『受到攻擊就會反擊』，很好懂吧。問題是，她的反擊很有可能毀滅這個第五領域。」

這時，發生了一件事正好印證葉羅嘉的這番話。

在第九層出現過的怪物突然現身在精靈身後，似乎是從精靈劈出來的洞掉下來的樣子。

怪物毫不畏懼，任憑本能朝精靈張牙舞爪，試圖攻擊。

「█」

於是，發出「嘰～～～～～～」重火器劃破空氣般的轟然巨響。響驚聲尖叫，摀住耳朵。怪物宛如塵埃被撕成粉碎。

同時，那記攻擊的餘波將精靈背後的房間破壞得更加慘重。葉羅嘉傻眼地嘆息道：

「正如妳們所看到的，那傢伙會自動迎擊攻擊她的敵人。她會做的就只有這個舉動，但因為迎擊的餘波太大，會將其他人事物全都牽連進去。總不能置之不理吧。」

「……就是說啊。」

「然後，妳就是時崎狂三吧？那傢伙有弱點嗎？」

「精靈是無懈可擊的。目前能想到的方法只有以最快速度、最強火力不斷進攻了。」

狂三說得一派輕鬆，其實狀況十分絕望。目睹剛才那一擊就能理解，只要觸碰到她就會喪命。簡直就是一場災難。

「那個，應該不能……撤退吧～～是的、是的，我知道絕對不能！」

響抱頭吶喊，悄悄走近狂三身邊。

「怎麼了？老實說，這場硬戰不好打。」

「狂三竟然會說這種洩氣話，真難得呢。其實我的感受也差不多……那個人果然很強嗎？」

「響，精靈不是能以強弱而論的存在。」

「啊～～……說的也是呢……」

經過一陣乏味的閒聊後，狂三緊繃的肩膀稍微放鬆了一下。她深深呼吸了一口氣——重新提起幹勁，勉強鼓起精力來挑戰眼前的絕望。

另一方面，葉羅嘉對蒼說道：

「蒼，我會以支援技能盡全力掩護妳，妳要不要進攻一次看看？」

蒼聞言，儘管因恐懼而身體微微僵硬，依舊狂妄一笑說：

「師傅妳每次都語不驚人死不休呢……知道了，我試試看。」

「阿莉安德妮，看妳這副模樣，應該是魔法師吧？也拜託妳一起支援了。」

「好啊～～」

「我不太了解剩下兩人的能力，妳們就自己看著辦吧。」

「唔……這個突然趕來的準精靈還真有領導力呢！不過，從對話大概可以判斷出妳就是篝卦葉羅嘉小姐吧！」

「是的，妳猜得真準～～」

「我的名字是緋衣響，小小一介準精靈，不足掛齒！這位的大名就必須請妳牢記在心了，她是時崎狂三！」

葉羅嘉邪魅一笑，並且開始用支援技能提升蒼的防禦力。

「因為蒼，兩位的名字我都記得一清二楚，放心吧……嗯？響，妳該不會是隊長吧？」

「咦？嗯，算是吧……」

「這樣啊，那之後就麻煩妳指揮嘍！開戰後，我們大概沒有餘力去照顧別人！」

「什、什麼——！」

響聽見這番話後大喊。葉羅嘉竟然把擔任隊長這個重責大任扔到她身上。

狂三拍了拍響的肩膀，笑道：

「響，妳可別想自己一個人落得輕鬆。」

「啊……」

狂三說的玩笑話令響的壓力瞬間消失。只要向前一步便是地獄在等待的慘烈戰場，腳下如履薄冰，稍一用力就會墜入深淵。

「狂三，謝謝妳。」

「哎呀，謝我什麼？」

「……我願意擔任隊長。等蒼豁出性命進攻後才是關鍵時刻。」

「喂，緋衣響，妳怎麼預設我會豁出性命啊？」

「不好意思，是我用詞不當。要是有人豁出性命，這場戰役就沒戲唱了！大家，加油吧！」

「ＯＫ……那就先發制人！」

蒼邁步奔跑。

「喝——————！」

凌空一躍，高舉變形的戰戟——〈天星狼〉。大概是對此感到敵意，精靈默默地舉起劍。那不過是斬擊的餘波，便釋放出強烈的衝擊波襲向蒼。

「嘖，唔……！」

蒼的身體承受不住，向後退了幾步。儘管強化了複數種防禦技能，靈裝還是產生龜裂。

「明明沒有直接命中，光憑一擊就……」

響瞠目結舌地低喃。

「接下來可以換我進攻嗎？」

阿莉安德妮舉手詢問，響卻沒有答應。

「不行。接下來麻煩狂三出馬……為防萬一，請對自己發射【一之彈】。」

「我知道了。那麼——」

「！」

狂三使用【一之彈】加速後，一邊跳向後方，同時朝精靈扣下長槍與短槍的扳機。

精靈一語不發地立刻做出反應。不過，她並未選擇閃開攻擊，而是揮劍迎擊。

斬擊的衝擊波奔向狂三——加速後的狂三閃開衝擊波。阿莉安德妮等人連忙散開。

「追加子彈——【一之彈】！」

雙重加速。狂三在千鈞一髮之際回避衝擊波——同時射擊。這次直擊命中。不過，精靈異常堅硬的靈裝輕易擋下她的子彈。

大概是狂三躲過衝擊波，又發動第二次攻擊的緣故，精靈並未就此停止，朝狂三大吼。

「蒼，施展【吶喊】！」

「……了解！」

技能【吶喊】是用來聚集憎恨值。響不曉得這招對精靈管不管用，但她估計可能性很高。

精靈上鉤了，她將目標從狂三轉變為蒼。「很好。」響握起拳頭。果不其然，精靈的行動類似完全迎擊型的怪物。只要蒼抓準時機好好運用【吶喊】，精靈便不會攻擊其他對手。

「蒼，拜託妳專心防禦，想辦法撐下去！」

「緋衣響，別鬧了喔。不過，我也只能硬著頭皮上了！【專心防禦】！」

蒼對攻擊而來的精靈舉起〈天星狼〉防衛。

精靈隨意揮下大劍後，蒼用自己的無銘天使劈開迎面而來的衝擊波。

「我可以澈底擋下衝擊波……不過……」

大概是認清衝擊波攻擊無效，精靈進一步直接以大劍砍向蒼。

「唔……！」

蒼舉起〈天星狼〉，試圖擋下大劍揮下的一擊。

結果響起彷彿雷落在眼前的驚天巨響。

「呼、啊……！」

蒼痛苦得皺起臉，向大廳求救。

「阿莉安德妮小姐、葉羅嘉小姐，請對精靈施展弱化技能。」

「了解～～！」

「好喔！」

阿莉安德妮以水銀線，而葉羅嘉則是以靈符為媒介，各自施展賦予狀態異常的魔法。

精靈沉默不語——一時之間看起來像是身上纏繞著細線。兩人施展的是慢動作系的弱化魔法，然而精靈卻面不改色地扯斷細線。

「抱歉，失敗了。」——葉羅嘉悲嘆道。

「我也是～～……」——阿莉安德妮吐了一口氣。

「了解。那麼，麻煩妳們兩位繼續支援蒼！」

響做了一個深呼吸，呼喚位於遠處的狂三。狂三從剛才開始就踹向牆面或天花板，靈巧地移動位置，同時不斷開槍射擊。

不過，那些射擊一點都不管用。精靈的靈裝令狂三的子彈完全失效反彈。

「狂三，暫時停止射擊～～！改用【闇魔法】以最大威力攻擊！」

「……了解。」

儘管不甘心地咬牙切齒，狂三還是聽從指示停止射擊，接著以【闇魔法】發動攻擊。

「【闇魔法】的最大攻擊是『闇一閃』沒錯吧？」

響看著自己記錄下來的筆記詢問。

「是的。據我所知是最高級別的黑暗斬擊。」

「但我記得這個斬擊不能用『黑殼』強化威力吧？」

狂三點頭同意響的指摘。「闇一閃」的說明欄裡明確註記著會令威力強化的效果失效。

「不過，用不著強化，威力也應該是最大了。」

「ＯＫ。那就試試看吧，雖然我認為應該不管用。」

狂三懷抱著「不至於沒用吧」的心情，算準蒼遠離的時機，朝精靈施展「闇一閃」。

打個比方，就像用金屬棒猛力敲打鐵板的手感和聲音。

聲音震耳欲聾，卻完全沒有攻擊成功的感覺。面對這一擊，精靈也只是瞥了狂三一眼，又立刻轉為攻擊直接以武器攻打她的蒼。

「這已經算是【闇魔法】中威力最強的攻擊了耶……」

狂三像在強忍著頭痛，按住腦袋呢喃。

「……那麼，換下一招。」

響緊張得嚥了一口口水。

「麻煩妳使出之前的『暗球』加『形狀變化．子彈』這招，再搭配詠唱五次『黑殼』。」

「『闇一閃』的威力比較強呢。」

「試一下。『如果我預料得沒錯，這招應該行得通』。」

——響難得如此肯定地說道。

狂三眨了眨眼，莞爾一笑，點頭回應：

「很有妳平時的作風呢。那麼，我就來試試看吧！」

「要是這招行不通，隨便妳懲罰。」

響挺起胸膛宣言。

「【闇魔法】——『暗球』、『形狀變化・子彈』、『黑殼』詠唱五次。」

狂三舉起長槍，瞄準目標。受到支援魔法護身的蒼拚命擋下精靈的吶喊。即使如此，依舊無法抗衡，蒼逐漸退向後方。

狙擊。

肩膀承受強烈的後座力。黑色子彈描繪出平緩的曲線，命中精靈的頭部。她的頭像是被某種無形的物體撞擊般晃動了一下。

「好耶！」

「擊中了！」

響擺出勝利的姿勢，不過命中目標的當事人狂三卻是一臉驚愕。

阿莉安德妮和葉羅嘉則是感到困惑不解；蒼趁機反擊。

於是，精靈不理會朝她衝來的蒼，瞪視狂三。

「狂三，快逃跑，一直逃到蒼聚集完憎恨值為止。我想她應該會對妳展開猛烈的攻勢！」

「唔……【一之彈】！」

狂三加速後回避攻擊。響也連忙施展【遁形】技能，逃離現場。不過，精靈以凌駕其上的速度追擊狂三。

「等一下！」

蒼也緊追上去，但是精靈像一枚誘導彈，以風掣雷行般的猛烈速度執著地緊追在狂三身後，砍向她的背。

「〈刻刻帝〉……【七之彈】！」

狂三回過頭，朝衝上來的精靈射擊〈刻刻帝〉。對人射擊可譽為最強的「時間停止」子彈，然而精靈挨了這一記子彈後，只是凝固了一下，立刻又繼續活動。

不過這短短的凝固片刻，讓蒼有機會介入狂三與精靈之間。

「──【吶喊】！」

聽見這道聲音，精靈才終於將目標變更為蒼。

「果然沒錯！」

這時，響獨自恍然大悟般大叫出聲。經過一連串的攻擊，響大致看出了那名精靈的特性。

首先，她果然是怪物，並非會思考而行動的準精靈那類存在。雖然不知道召喚術士為何喪命

……恐怕是精靈（為求方便還是稱為「精靈」，但與狂三是不同物種）反射性做出的行動導致的結果吧。

而這名精靈甚至沒收到和怪物一樣的命令，也就是「殺害這座地下城的侵入者」，否則攻擊應該會更加激烈。具體而言，會激烈到就算狂三等人全軍覆滅也不足為奇。

狂三等人之所以能勉強抵禦到現在，是因為她終究只是遵循著「迎擊攻擊她的人」這項原則，而且發動迎擊的瞬間會「以怪物的智商來採取行動」。

精靈中槍的瞬間，開始追逐狂三。恐怕在傷害殘留的期間（或是蒼沒有介入的話），她會一直追逐狂三。

響判斷「闇一閃」之所以完全不管用，反而是初期魔法「暗球」搭配【形狀變化】與威力強化等多重招式行得通，應該是基於她身為怪物的特性。

……在這個鄰界，若是將準精靈受的傷害換算成數值，數字一樣，所受到的傷害當然也會一樣。跌倒撞到頭與頭部被毆打的傷害數值相同的話，受到的傷害也會相同吧。

不過，在這個第五領域的幻想區域中，「闇一閃」與「威力強化後的暗球」即使數值相同，受到的傷害程度也有所差異。

那是因為系統層面的防禦數值會以比例擋下一部分的傷害。

那名精靈的靈裝會維持這樣的系統防禦機制。就這個層面而言，也能證明她是被召喚術士創造出來的怪物。

根據內部的算式，「闇一閃」的傷害數值不會被計算在內，反倒是「〈刻刻帝〉的子彈（經過強化）」的傷害數值會被計算在內。

傷害數值越高，抵銷的傷害比例也越高；相反地，數值越低，抵銷的比例也越低。而最重要的一點是，「威力強化的部分不會被抵銷」。

也就是說——比起單純受到一百的傷害，以十乘十計算的傷害更大。

「蒼，強化威力後，以小招數累積傷害，應該會比大招數來得更有效率！」

「緋衣響，了解。」

蒼強化了掃堂腿招式，以〈天星狼〉連續攻擊，步步逼退精靈。

確實如響所說，小招數的傷害比例更勝於大招數。至少，精靈的反應變敏感了。

不過也只是攻擊奏效，根本無法造成什麼致命傷。才剛覺得靈裝的傷痕變多了，馬上又開始復原。

「緋衣響！攻擊是奏效了，但她的復原速度太快！已經痊癒了，好像沒什麼意義！」

「我等一下再來處理妳那邊的問題！」

阿莉安德妮的職業是一流的魔法師，想必這個第五領域的支配者葉羅嘉也大同小異吧。

既然這兩人施展的弱化魔法無效，判斷打從一開始就無效比較合理。大概算是全耐性的強化版吧。勉強還管用的，只有狂三的【七之彈】……雖然有效時間不滿一秒，但那個精靈確實停止了動作。

不會被火燒傷，也不會中毒和受到詛咒。

儘管物理性的傷害有效，傷害累積的速度卻比不過她復原的速度。

而且精靈的攻擊太過猛烈，目前還勉強能夠抗衡，然而早晚會陷入絕境。

「響，妳說的沒錯，是能對她造成傷害沒錯，可是——」

「我知道，就連〈刻刻帝〉的殺手鐧【第七彈】也撐不到一秒……不過，儘管不滿一秒，還是成功弱化了她的能力。恐怕只有狂三的【時間魔法】——〈刻刻帝〉是唯一能弱化那個精靈的招式。」

照理來說是這樣。

阿莉安德妮與葉羅嘉的魔法無法強化弱化的威力。以中毒為例，就是指無法讓對方中毒兩倍的意思。

「很遺憾，如果無限使用【七之彈】，我的時間很快就會耗盡了。威力越強，耗費的時間也越多。」

剩下的【七之彈】只能再用一兩次。以狂三的經驗判斷，射完兩次時，時間便會匱乏到甚至無法射擊【一之彈】。

「必須想辦法解決時間不夠的問題呢……乾脆暫時逃跑吧？」

「逃跑……？」

響指向精靈對面一大片的破壞痕跡。

「請妳在這個大廳繞一圈後，從正面那扇毀損的門逃出去。不是叫妳單純逃跑，而是趕快到鎮上緊急補充時間。」

「還真是破釜沉舟的戰略呢……妳們撐得住嗎？」

「我覺得撐不住，但是會努力撐住的，會撐著撐著給它撐下去，所以妳要加油喔，狂三！」

「我聽都聽糊塗了呢，但是我有感受到妳的決心了。」

「蒼，請用【吶喊】吸引她的注意！」

蒼點頭後，施展【吶喊】分散精靈的注意力。狂三在這段期間凌空飄浮，一邊謹慎地觀察精靈，打算避開她的視線繞到門口。

狂三做出結論，認為只要小心精靈的斬擊，要繞到她後方並非難事。於是她稍微加快速度，繞到精靈背後，正打算跳躍的瞬間——

「——什麼？」

精靈竟在轉眼間逼近時崎狂三，就連離精靈最近、專注於防禦精靈攻擊的蒼都追不上她的背後。

精靈來到狂三無法閃避和迎擊的超近距離。

「[redacted]」

擊與斬。

切與斷。

分與絕。

精靈從狂三的肩頭斜砍一刀後——

「【四之彈】……！」

領悟到來不及迎擊和閃避的狂三立刻發射【四之彈】。在〈刻刻帝〉開始倒流時間的同時，狂三踹了精靈一腳，拉開兩人的距離。

雖說這是為了拔出陷入肩頭的劍而不得已使出的招數，但超越想像的劇痛令狂三不禁扭動身軀。

「時崎狂三————！」

蒼大聲咆哮；篝卦葉羅嘉立刻投擲攻擊用的靈符。對投向自己的敵意產生反應的精靈揮舞她的劍，在空中劃出半圓形的軌跡，代替盾牌抵擋攻擊。

這個舉動造成了更大的混亂。

「天花板……！」

原本就已經夠脆弱的地下城天花板和牆壁開始崩落，數噸以上的岩石落在狂三與精靈之間。

「慘了……！」

阿莉安德妮發出驚愕的聲音。雖然隔絕了精靈的攻擊，但數噸的岩石同時也阻擋了狂三的行動。

（怎麼辦……怎麼辦……！）

嚮開始陷入恐慌；蒼和阿莉安德妮也想不出有效的戰略。

所有人的腦海裡突然浮現「全軍覆沒」這個詞彙。

◇

如燈光閃爍般斷斷續續的意識好不容易恢復穩定。

「好痛……」

雖然以【四之彈】讓時間倒流，被砍的傷口卻並未徹底治癒。時間所剩無幾，現在的狂三已經連發射【一之彈】的餘力都沒有。

不過，她必須重新站起來。然而不只肩頭，連雙腳都疼痛不已。仔細一瞧，原來被落下的岩石壓住了。硬是把腳拔出來時感到一陣劇痛，看來是骨折了。

老實說，時崎狂三被逼入了生死邊緣。

「這裡是……」

雖然被破壞得滿目瘡痍，還是看得出這裡是第五地下層的某處。好在沒有怪物出現。以狂三現在的狀態，恐怕連第一層的敵人都打不過吧。

「回復……」

【闇魔法】與【時間魔法】中沒有回復類的魔法。只要暫時捨棄某項技能，換取【水魔法】方面的初級回復魔法就沒問題，可是……

system error——不管怎麼按，除了自己已取得的魔法以外，其他項目全都轉暗，完全無法操作。

「啊，唔——」

肩頭的傷口好痛。不單純是被砍傷而已，感覺有血和其他某種東西從傷口流出。

「……？」

眼前有一個顏色呈現赤黑斑駁的奇妙物體。

「鄰界編排……？」

卻沒有任何預兆。而且遠比剛才的物體小許多，脆弱得像是馬上就要崩塌。

「一定要觸碰才行。」

「原本被封印住的東西從剛才的傷口跑了出去。這是『我』的記憶、重要的寶物、一直隱藏的東西、必須面對的事物。」

情報與語句逕自流了進來……！

「這究竟是怎麼回事……！」

狂三感到驚慌失措，雙手卻擅自動了起來。

「面對恐懼吧，因為已毋須再恐懼。」

顫抖的指尖輕觸那份記憶。

◇

洩露出的記憶如同幻燈片，畫面坑坑洞洞。

不過，即使如此自己依然明白，心知肚明。有一種真實的感受，甚至回想起觸摸時的感覺。

「我」十分愛慕那個人，談了一場最初也是最後的戀愛。

明明是敵人，卻溫柔以待；明明是敵人，卻對自己伸出了援手。看著穿上婚紗的自己，儘管一臉困惑，還是對自己投以微笑。

就算花上不到一天的短暫時間也不覺得可惜。

所以自己在「七夕的短箋」上寫下願望。

再一次，儘管只是看一眼也好，希望能夠再次相見。

希望
有緣再相見。

『——，希望有緣再相見。』

好想見他。

不過，我早已明白，自己在那時、那個場所，被黑暗吞沒的瞬間，無庸置疑——早就死了。

◇

「……啊啊，原來如此。」

狂三潸然淚下。那名精靈的斬擊揭穿了一切。

「我是分身，並且愛上了那個人，然後——」

已經死去。

從另一個世上消失無蹤。

畢竟都來到了鄰界，想也知道肯定是死了。

……自己並不怨恨。若是站在和時崎狂三本體相同的立場，想必自己也會這麼做。

為什麼——因為時崎狂三的造反很可能會產生反轉體。

有別於其他精靈，時崎狂三就連差點變成反轉體的情況都很危險。因為在發射【八之彈】製造分身時，很可能「產生危險分子」。

「——哎呀，以『我』來說，這模樣還真是淒慘呀。」

狂三赫然抬起頭。黑暗中出現一張桌子和兩把椅子。

坐在椅子上的少女一邊嘻嘻嗤笑，一邊凝視著自己。

「妳終於想起來了呢。」

時崎狂三就出現在那裡。

「妳……不，『我』……是誰……？」

狂三強忍著腳痛站起來，坐到椅子上。眼前的自己毫髮無傷，綻放優雅的笑容。

「稍微聊一下吧，『我』。」

她面向自己，靜靜地瞪視自己。

「時間對我們而言是什麼？」

對面的「狂三」提出這個話題。狂三不明白她想說什麼，歪頭表示不解。

「時間會以假亂真。就像當初喜歡的東西，經年累月後，喜歡的感覺會慢慢消退，反過來覺得很羞恥是同樣的道理。」

「……這是……理所當然吧……」

自己以前也經歷過覺得這樣很帥氣，那樣很好看的時間。不過時間一久，反而覺得簡直是不堪回首。

人類的心理狀態時時刻刻都在改變。不管再怎麼信任一個人，只要遭到背叛還是會憎恨吧。

「相反地，原本礙事的存在有時也會變成心愛之人吧。」

「……妳是，不……『我』是……」

「妳猜想得不錯，我是成為『我』之前的我。不知道那個人的名字，也不曉得戀愛的滋味，光憑使命感就能戰鬥的我。」

狂三突然覺得眼前的自己看起來好陌生。明明長相、聲音和說話方式都相同，思想卻大相逕庭。

「而妳——『我』正是將過去始終視而不見的事實擺在眼前的時崎狂三。」

「……『我』的意思是指，我早已死去的事實嗎？」

眼前的自己露出猖狂的笑容頷首。

「我那時確實是死了。無庸置疑、毫無疑問地完全沒有得救的可能性，絕對已經死亡……當時的絕望與恐懼封印了我的記憶。」

「……我想也是……」

封鎖如此重要的記憶，不是別人，正是自己。無法承認自己已經死去的事實——卻渴求那個人的記憶，不斷掙扎。

「不過，那是未來的我該選擇的事。現在必須先解決燃眉之急才行。」

「燃眉之急……？」

狂三歪過頭，眼前的她嘆了一口氣，指向狂三的後方。狂三回過頭——瞪大雙眼。

滿肩是血，腳骨折，瀕死的時崎狂三眼神迷濛地躺在地上。

「『我』馬上就要死了喲。所以，『我』必須立刻做出選擇。『我要怎麼做呢』？」

眼前的少女有些欣喜地微笑宣告死亡。她的語氣雖輕，說出的事實卻十分沉重，聽起來極為真實。

「……什麼怎麼做？」

眼前的少女輕輕揮了揮指尖後，便出現了眼熟的狀態畫面。她選擇【時間魔法】，亮出那個選項。

「一旦選擇便沒有退路，無法復原，也不知會造成何種後果。不過，若是不選擇，『我』就會死。」

「這——」

「直接以時崎狂三的身分死去也不錯。不覺得這是最符合分身的臨終方式嗎？」

——啊啊，對喔。

狂三總算明白，深深同意她所說的話。

眼前的她是過去的自己。為達目的，隨時犧牲性命也在所不惜時的自己……沒錯，過去的自己的確是這麼想的。

儘管過去如寶石般重要——

未來如黃金般貴重——

「——不，我完全不這麼認為，『我』。我要一直活下去。」

「是為了有可能如願以償的未來嗎？」

「這也是原因之一，不過，現在有更急迫的理由。」

有同伴正在等待救援。

有戰友正努力奮戰。

有重要的朋友願意捨命陪君子。

狂三心想若是自己選擇死亡，拋棄她們，絕對不容許自己在臨死之際想起那個人的臉。

自己陷入了情網。

墜入了愛河。所以，「絕對不想做出無法面對那份戀情的事」。

坐在桌子對面的時崎狂三嘆了一口氣。

「真是無法理解，那些人就那麼重要嗎？」

「……這個嘛，有時很煩、有時令人火大、有時非常有趣、有時十分愚蠢、有時吵鬧不已，有時——無比重要。」

「是嗎？『我』果然早已跟我是不同的存在了呢。隨妳怎麼做吧。」

取得技能的視窗移動到狂三面前。

一旦選擇便無路可退。

絕對無法改變、不能復原。

「這比想像中還需要勇氣呢。」

指尖顫抖，喉嚨乾渴。

「因為妳自己也明白，選擇完的瞬間會下意識地接受自己『不再是時崎狂三』的事實。另外，我順便提醒妳一件事……改變妳能力的並非這個第五領域的系統，而是『妳自己』。妳本身的性質太特異，不適用於遊戲系統。狀態會出現Bug就是最好的證明。」

狂三這才恍然大悟。這則改變技能的訊息並非來自外部的干預，只是將自己內部原本就存在的東西引發出來罷了。

「聽妳這麼一說，我就安心了。我本來還擔心我的能力會被第三者隨便操弄呢。如此一來，就端看我怎麼判斷了吧。」

狂三如此說道，指尖依然不停顫抖。

不過，她已經做出了決定。各種理由、信念、情分都在推動她顫抖的指尖。更重要的是——

——懼怕改變是人之常情。

——但自己絕對無法忍受裹足不前。

時崎狂三的倔強正是最後的底牌。

『重組【時間魔法】。』

『〈刻刻帝〉產生變化。』

『擴大〈食時之城〉的有效範圍。』

『切斷身為時崎狂三的同步系統。』

『將【十一之彈】與【十二之彈】的能力變化為適合現狀的技能。此變化無法復原。』

『——妳已經不再是任何人了。』

「或許是吧。不過，我要成為什麼人——」

由我自己決定。

手指按下按鈕。

隨後桌椅消失，然後眼前的時崎狂三也如同雜訊般歪斜扭曲地逐漸消失。

「那麼，再見了。話說，妳究竟是何方神聖？」

「我是時崎狂三……不過，大概是跟妳們不一樣的其中一名時崎狂三吧。」

就這樣，狂三起死回生。

肩頭不停流出鮮血和靈力，這樣下去會喪命吧。

如果繼續這樣下去。

之前狂三無法從怪物身上奪取時間，沒有能奪取的實際感受。不過，現在她全身都充滿「能奪取」的感覺。

雖然能從牠們身上奪取的時間不多，但只要靈力還在循環，牠們便會一再出現。即使多少得花費一些時間，對於原本就毫無思考能力和感情的怪物，狂三絕不會手下留情。

「……〈食時之城〉。」

影子以自己為中心大量湧出，覆蓋第五地下城。

○請在冒險之旅最終祈禱

第三領域，王座之殿。

——回憶起被燃燒時的往事，那實在毫無天理、愚蠢至極，令人氣憤！

——回憶起被擊中時的往事，那實在是「糟糕透頂」。

不管經過多久，依然無法忘記那份恐懼與憤怒……不，時間什麼的，在這個鄰界裡有跟沒有一樣。

「擬似精靈在第五領域實體化，即使採取猛烈攻擊，整體的流入量也沒有變動……看來答案呼之欲出了呢。」

王座之殿空無一人，就連平常照顧白女王生活瑣事的空無們也不在。她們已全員出動攻打第五領域……這座城堡也無用武之地了。若是前支配者凱若特．亞．珠也想要，送她也行。少女笑著如此心想。

這時，少女眉毛抽動了一下，嘴巴不聽使喚地擅自動了起來。

「第二領域。通往第一領域的通行門與管線的入口果然是在第二領域呢。不過，以前調查的時候，收到通行門並不存在的報告。」

「千金(Lady)」以溫柔的聲音說道，「將軍(General)」便以帶著些許不耐煩的僵硬聲音回應。在白女王的人格當中，這兩人是最「不對盤」的。

「……跟第五領域一樣，把門藏起來了吧。如此一來，知道那場所的應該只有身為支配者的雪城真夜了。」

「是呀。那麼，要將戰力從第五領域騰出一部分到第二領域嗎？」

「『千金』，妳這戰略還真是愚蠢呢。我們雖以人海戰術壓制第五領域的防衛軍，但在兩面戰線的部分，士兵的多寡呈現相反的狀態。從第五領域前往第二領域，必須經過第六領域，這樣不就會受到夾擊嗎？」

「那妳說怎麼辦呀？難道不帶士兵，我們自己前往嗎？這個戰略不也同樣愚蠢？」

「重新製造三騎士如何？我們只要趁她們大鬧第二領域的期間抵達就可以了。」

「將軍」不是向「千金」訴說，而是對其他人格表達意見。

這世上她只尊敬一個人——一個人格，那就是真正的「女王」……坐在王座上的少女的主人格。

一陣沉默後，王座之殿響起沉穩的聲音。不是「千金」那種甜美柔和的說話方式，也不是「將軍」那種嚴厲的語氣，真要打個比方，算是如同清澈的水那般無害的聲音。

「重新製造三騎士是無所謂。不過，妳的提議有一個不足之處，那就是該將蠍尾刺向誰？」

「……刺向空無不就好了嗎？」

「『單純的』空無可不行。『政治家（Politician）』說空無也有各式各樣的個性，要看是否能和三騎士合得來。有『求生』、『求死』、抱持著希望或絕望的空無。」

「……沒想到她們竟然還有個性呢，明明外表長得都一樣。」

「那麼，該怎麼做？要等待合適的空無出現嗎？」

「不。不過，『政治家』有找到一個合適的孩子，說應該先得到她。我也贊成。其他的就隨便，我無所謂。」

白女王宣布適合人選的少女之名後，兩名副人格倒抽了一口氣。

「——唔，不好意思，『女王』。那應該『不是妳個人的私怨吧』？」

面對「將軍」的指摘，「女王」嘻嘻笑了笑，笑得十分優雅。

「怎麼會呢。」

白女王的肉體站了起來。「女王」將操作權限讓給「將軍」後，進入休眠狀態。

「將軍」無奈地嘆息，自言自語：

「……真的沒有摻雜私人恩怨就好。」

總之，方針定下來了。「將軍」雖是副人格，但依然憎恨時崎狂三，以及這個鄰界。

結果，她「們」憎恨一切，連一心仰慕她們的空無也不例外。

對白女王而言，這個鄰界並非天堂，只是永無止盡的地獄。

◇

狀況十分絕望。蒼和篝卦葉羅嘉拚命抵擋加快速度噴射而出的精靈的攻擊。

響也死命躲避攻擊，絕對避免用自己的無銘天使擋下攻擊。她所持的大劍雖為虛構，卻十分鋒利。

恐怕光是抵擋都會粉碎吧。因此，響只能依靠觀察攻擊從何而來，並且竭盡全力躲避，接下來聽天由命的這種戰法了。

阿莉安德妮已經脫離戰線。沒有徹底躲開精靈的一擊，被精靈手持的大劍掠過腹部，結果被震飛，狠狠撞上牆壁。

活是還活著，但恐怕難以回歸戰線。因為失去支援魔法的防禦，精靈的攻擊變得越發猛烈。

——啊，不對，並非如此。

原本沒有注入靈魂，空空如也的這名精靈，開始慢慢建構出靈魂。她開始對響她們拚命抵抗一事感到厭煩，開始對攻擊感到害怕，所以攻擊才會越來越猛烈。

「——」

精靈張開嘴巴，儘管沒有吐出話語，卻感受到咆哮。那是威嚇對方、鼓舞自己的無聲咆哮。

「唔……！」

大概是被精靈的氣魄所震懾，只見葉羅嘉身體瞬間失去平衡。

「師傅！」

「笨蛋……！」

蒼頓時分散注意力。精靈當然不會放過這個機會。

冷酷無情的斬擊朝葉羅嘉和蒼飛奔而來。

「〈天星狼〉……！」

蒼立刻舉起自己的無銘天使想要抵擋攻擊，然而一再受到摧殘的鐵槌終於超越極限，化為粉碎。

「啊——」

被保護的葉羅嘉這次則是發動自己的靈符。即使加上所有防禦效果，面對精靈的大劍也頂多只是「勉強保住一命」。

兩人一起被震飛，撞上牆壁。

「…………」

響佇立在原地，觀察蒼與葉羅嘉的狀態。兩人都是勉勉強強尚存一息。不過，僅只如此了。

蒼蹲在地上顫抖，頭部冒出鮮血。

並非感到害怕，只是單純負傷嚴重，即使想動也無法動彈吧。

葉羅嘉則是神情焦躁，注視著響和精靈。精靈的目光捕捉到響。

「……！」

精靈靠近了一步，響跟著後退一步。明明沒有受到攻擊，精靈卻試圖優先殺害站著活動的準精靈。響毫不猶豫地削除輔助回避的【未來視】技能，用來提升回避等級。

精靈無疑正從缺乏本能的機器逐漸蛻變成不一樣的存在。

那原本或許是該受到祝福的事，畢竟機器般的存在開始擁有靈魂。

不過對緋衣響而言，這樣的現狀實在是極為不樂觀。精靈高舉大劍——之前響會施展【未來視】讀取斬擊的軌跡再回避，但響體認到即使如此也來不及。

只能不靠【未來視】預測斬擊後，再馬上回避了。周圍的空氣散發出一股焦味。

大劍開始微微發光。響打了個寒顫——當劍尖聚集光芒的瞬間，她使勁跳向一旁。

先前只是單純的衝擊波，如今轉變成帶著能量的斬擊，將地下城的牆壁和地板全部破壞得支離破碎。

響之所以呼吸急促，是因為恐懼。之前好幾次差點命喪黃泉，看來這次真的死定了。

……難怪過去存在於鄰界的準精靈會稱呼精靈為「災禍」。就算眼前的少女像狂三一樣會表現出喜怒哀樂，展現出這種力量，正常人看了還不拔腿就跑。

雙腳疲憊得顫抖。自己沒辦法再做出剛才那種屏氣凝神的跳躍了。也就是說，下次不保證一定能躲過。

不見時崎狂三的蹤影。自己老早就忘了計算時間。

……也放棄思考未來，重要的只有度過眼前的危機。程序不變。現在最好連時崎狂三的事情都不要想。

額頭開始冒汗。

響心想不妙。汗水快要滴落到眼瞼。自己想動手擦汗，但可能是因為恐懼和緊張，費了不少力氣。

好不容易動手以指尖擦拭額頭的汗水。

不過就在這時，響的手指不小心遮擋住她的視野。下一瞬間，精靈便佇立在眼前。

「啊———」

心裡雖然存在著自己疏忽大意的念頭，但眼前所見的精靈散發出的美麗與駭人氣息，令那樣的念頭煙消雲散。

——啊，我必死無疑。

響如此深信。腦海裡清清楚楚地浮現一秒後自己從頭被劈成兩半的想像畫面。

精靈舉起劍——當她揮下的瞬間，也將一併葬送自己的思考、夢想與希望吧。啊啊，話說回來——

舉起劍的精靈是多麼英武美麗呀。在臨終的時刻，被美麗的斬擊漂亮地砍殺，這樣的死法也不壞——

「不，壞透了。結果一樣是被劈成兩半啊！」

由於自己的想法太過無聊，響反射性地怒吼出聲。自己吐槽自己。與生俱來的個性令她不由自主地喊出這句話。

結果，引發了奇蹟。

「……？」

原本如機器般行動的精靈聽見響突然發出怪聲後，也不得不露出困惑的表情。用這種無聊的話語所能爭取到的時間，頂多只有五秒。

不過，卻是致命性的五秒。

葉羅嘉目睹了精靈從頭部到腹部澈底中彈的瞬間。

「五發啊……」

「不對。」

聽見蒼說的話，葉羅嘉歪頭表示不解。

「剛才確實是五發啊，我數錯了嗎？」

「我不是那個意思，妳看。」

循著蒼所指的方向望去，可以看見啞然失聲的響與背對她的精靈的身影。然而精靈的背卻毫髮無傷，沒有任何中彈的痕跡。

「……是幻覺嗎？」

「不對。我想那大概——是殺氣。」

蒼微笑著說道。沒錯，就是那個。還真像她的作風呢。悄悄站到背後，以充滿殺意的狀態瞪視敵人，任誰都會察覺。

若是一流的戰士，還能以殺氣推測對方的實力，也能將殺氣想像成刀或槍等物體來察覺。

不過，竟然能讓毫無關係的第三者也察覺到化為形體的殺氣，實屬非比尋常。

「她還活著……！」

蒼開心得顫抖。她搖搖晃晃地站起來，緊握損壞的〈天星狼〉。

「阿莉安德妮、師傅，沒時間休息了。」

「我知道啦～～真是的……」

「啊啊，可惡。真虧妳能活下來呢，而且還滿血復活。妳會不會太悠閒了啊？」

篝卦葉羅嘉咳了幾聲，低聲挖苦。

「不好意思，我已經以最快的速度趕回來了。畢竟要從怪物身上補充時間到能夠維持戰鬥能力的程度，不是件容易的事。」

少說吸取了一千多隻怪物的時間。拜此所賜，【七之彈】自然不用說，甚至還可能使用「那枚子彈」。狂三用十一之彈與十二之彈換來的那枚子彈，確實隱藏著打破現場僵局的可能性。

「[redacted]」

影子慢慢逼近精靈，原本應該立刻發動攻擊的精靈卻不動如山。

「我跟妳都是不算純粹精靈的瑕疵品。我承認這一點。不過，共鳴、共通、友好、交涉等這些行為，我們不需要也不適合。」

背後顯示出巨大的懷錶，手持老舊手槍，漆黑華麗的鎧甲也顯得十分英勇。

少女發出嘻嘻嘻嘻的笑聲，這個笑聲甚至令響感到有些懷念。明明兩人只分開大約半小時。

啊啊——時崎狂三就在那裡。

「[redacted]」

「好了，精靈小姐，開始我們的戰爭（DATE）吧！」

精靈的大劍帶著光芒。狂三見狀，眨了眨眼。

「哎呀、哎呀。」

「[redacted]！」

大劍一揮而下的同時，迸發出破壞性的能量之光。狂三一語不發地用手槍指向那道光，毫不畏懼那龐大純粹的力量，以柔和的聲音說道：

「〈刻刻帝〉──【七之彈】！」

停止。並非精靈，而是精靈釋放出的能量波完全停止動作。

「不會吧……」

也難怪葉羅嘉會發出啞然的低喃聲。這實在太誇張、太荒唐了。她的子彈的確能讓中彈的對象停止時間，所以說得極端一點，只要她想讓這個相當於靈力化身的能量波固定，是辦得到的。

不過，前提是狂三必須有這種認知。必須假設這個等同於核子彈的龐大能量只是「單純的物體」來開槍射擊才行……！

狂三動作緩慢地回避斬擊。效果解除後，再次啟動的能量波飛向無人的空間，將牆壁破壞得傷痕累累。

「……慘了，地下城會撐不住。」

響的這番話摻雜著悲痛的情緒。

天搖地動，從原本的斷斷續續轉變為持續不斷。雖然逃離現場，但現狀不允許如此。

至少在和那名精靈分出勝負之前，不可能逃離這座地下城。

「各位，接下來我會讓精靈的動作停止五秒。請在這五秒內卯足全力發動攻擊。」

「……如果這樣還打不死她該怎麼辦？」

面對阿莉安德妮的提問，狂三爽朗地笑道：

「到時候，我們會全軍覆沒，連帶整個鄰界都一起毀滅吧。」

狂三可沒在開玩笑，她是如此判斷的。那名精靈恐怕是連白女王也駕馭不了的怪物。若是離開這座地下城，大概會破壞一切，將白女王和支配者雙方陣營都牽連進去，摧毀整個鄰界。

……當然，只要逃跑就沒事了。但那也只能逃過一時。這個沒有靈魂的精靈會一點一滴地吸收外界的情報……恐怕會孕育出與本來的精靈截然不同的人格。

而狂三怎麼樣都不認為那個人格會是善良的。

如果不在這裡解決她，鄰界將會毀滅。

「我要上了喲，各位。請妳們配合我！」

「了解！」

其他人異口同聲回答。組隊並肩作戰至今的她們早已不需留意對方步調，所有人默契十足。

「【闇魔法】『形狀變化・子彈』／〈刻刻帝〉——【七之彈】／裝填／【闇魔法】『黑殼』詠唱五十次！」

「五十……！」

響等人瞪大雙眼。狂三不以為意地用雙手舉起長槍，瞄準精靈。

「我要上了喲……！」

黑暗與影子在老式長槍上捲起漩渦。狂三踏穩雙腳，慎重地瞄準。

「[redacted]」

精靈舉起大劍。狂三在內心咂了嘴，心想果然使出這招。響大喊：

「她要使出那招了。各位，趕快回避！狂三也是！」

狂三凌空一躍。不過，精靈的脖子如人偶般轉了一圈，捕捉狂三。

「她完全盯上狂三了！」

「我想也是！」

「[redacted]」

精靈無聲地開口，朝狂三釋放大劍的能量波。

狂三飛簷走壁回避。不過，精靈似乎已經將狂三視為最優先目標。

「真是窮追不捨……！」

別說拿起長槍瞄準了，狂三甚至找不到機會射擊。精靈的視線始終緊盯著狂三。

「狂三！」

響大喊，伸出右手的食指與大拇指。狂三點點頭後，收起長槍，快速舉起短槍射擊。沒有仔細瞄準，可能會射偏。不過，已經證實過普通的子彈無法對那名精靈造成傷害。

響不理會感到疑惑的三人，謹慎地觀察精靈。

「[redacted]！」

精靈「快速地閃避子彈」。

「果然如此……！」

響絞盡腦汁思考。因為自己在戰力上完全比不過其他四人，好歹思緒必須敏銳一點才行。

〈結論。那個精靈「還無法分辨攻擊」。〉

〈……原來如此，怪不得。〉

就宛如巴甫洛夫的狗，雖然理解狂三的攻擊有效，但還無法理解那是什麼樣的攻擊。

既然如此……

〈把狂三的攻擊當作誘餌使用如何？〉

〈我反對，對方很有可能閃避所有子彈。〉

響透過【心電感應】提出建議，卻被狂三一口否定。

〈也是喔……那由我使用長槍呢？之前曾經做過一次吧。〉

過去在第九領域與ROOK交戰時，響曾作為狂三的誘餌射擊長槍。只要再重現一次——

〈不行。〉

〈為、為什麼啊～～！〉

〈現在我的長槍纏繞著強大的靈力與時間，要是妳扣下扳機，身體應該會被撕成碎片。〉

〈太恐怖了吧！可、可是，只要用輔助魔法加強……〉

〈現在的〈刻刻帝〉就連我自己都不知道能否掌控，我才希望用魔法輔助呢。〉

〈啊～～唔～～……那就不行了……〉

〈我也要加入談話～～蒼怎麼樣？她體格好，應該承受得住吧？〉

〈我也加入。我的體格不怎麼好，我主張自己反而是屬於纖瘦的身材。不過，我對自己的體力倒是頗有自信的。〉

〈……除了最後的資訊以外，其他都是廢話吧？也罷。總而言之，我反對。如果我的見解沒錯，只有時崎狂三本人才有辦法扣下〈刻刻帝〉的扳機。〉

〈那要怎麼擊中對方？〉

〈……嗯～～……這個嘛……努力之類的……〉

〈師傅的意見沒有參考價值。還有人有其他好主意嗎？〉

〈妳說什麼，別無視我的意見啦～～！〉

〈嗯～～……三三妳該不會有什麼辦法吧～～？〉

面對阿莉安德妮的指摘，狂三以苦澀的表情表示肯定。

〈是有個辦法。妳們要聽嗎？〉

〈當然要聽啊！是什麼辦法？〉

〈嗯……千萬別說溜嘴嘍。〉

於是，狂三提出一個令人驚嘆的方法。老實說，阿莉安德妮和篝卦葉羅嘉大吃一驚，蒼則是面不改色地點頭表示理解，只有響態度嚴肅地接受這番話。

〈也就是說，叫我去做對吧？〉

〈是的、是的……不好意思，我只想到響妳這個人選。〉

〈等一下，時崎狂三，我覺得我也辦得到。〉

〈蒼妳必須作為攻擊手來行動，所以不能擔任這個角色。為防「萬一」，更是如此。〉

〈我們沒辦法啦～～〉

〈也是。我們來做風險太大了，而且妳也沒那麼信任我吧。我是覺得自己還算滿可靠的啦，畢竟我的提議說穿了就是豁出性命。〉

〈我是無所謂啦……〉

〈……響，妳真的可以嗎？〉

〈是的。應該說，妳打從一開始就明白最適合的人選只有我吧。真是的。〉

響擦拭冒出的冷汗。不是自己真的能否做到的問題，而是懷疑就算利用時崎狂三的力量，

「真的有辦法實現這個計策嗎」？

這個戰略就連平常百分之百信賴狂三力量的緋衣響也不禁抱持懷疑。因為——就連狂三自己也懷疑那個能力。

〈……再花一點時間，或許能想到其他戰略。〉

響搖頭拒絕狂三的誘惑。

〈不用了，戰鬥時間拉長還恐怖多了。絕對不妙，我的第六感已經不斷響起超危險警報。之前腦中響起這種警報聲，是在發現狂三從空中掉下來的時候！〉

〈呵呵呵。我就當作妳是在誇獎我了。妳是在誇獎我沒錯吧？〉

〈那是當然！……話說，「那」會痛嗎？〉

〈一切都還是未知數。妳真的確定可以嗎？〉

響沉默不語。雖然換算成時間只有數秒，但對拚命擋開精靈隨意發出的能量波的狂三而言，這陣沉默就宛如永遠那樣長。

〈…………我做！〉

正因為如此，響才需要鼓起勇氣踏出這一步。

〈要抓準時機喲。只要我發射【七之彈】抵抗，她應該會進入下一個階段。〉

〈了解。我先取得能強化飛行技能的技能。各位，麻煩對我施展強化敏捷度類型的技能。〉

〈不需要防護輔助嗎～～？〉

〈就算有也似乎派不上用場！因為我只要以最快最佳的時機配合狂三就好了。〉

即使如此，還是抑制不住顫抖。自響用〈王位篡奪〉與狂三交換身分時以來，這還是她第一次感到如此害怕。

當時是對失去自己感到恐懼。

而如今則是對失去自己與狂三感到恐懼。

〈要是這個戰略失敗，我們會一起喪命呢～～〉

〈是的、是的，「必死無疑」。以這個作戰來說，只有兩人一起存活或兩人一起喪命這兩種選擇呢。〉

老實說，這對響而言是充滿魅力的選項。響認為無論是生是死，總覺得感覺不錯呢——但她絕對說不出口。

〈……好，我下定決心了。隨時都能開始執行！〉

〈那麼首先……〈刻刻帝〉．【七之彈】。五秒後開始行動！〉

五——精靈依舊面不改色地佇立在原地，只是不斷發射大劍的斬擊。

四——狂三邪魅一笑。啟動〈刻刻帝〉，背後顯現出巨大的懷錶。

三——狂三宣言：「【七之彈】。」

二——影子從狂三的懷錶一溜煙地鑽進短槍裡。

一——將槍口朝向從精靈斬擊發出的能量波，扣下扳機。

於是和剛才一樣，斬擊暫時停止。精靈踏出一步；狂三則是凌空高高跳起。

「我要上嘍！」

狂三敏捷快速地吐了一口氣，然後往牆壁一蹬，速度宛如子彈，朝精靈猛烈進攻。

「[redacted]」

精靈本想以單手揮舞大劍，卻猶豫似的停止動作。

「！」

狂三露出驚愕的表情。精靈不予理會，改用雙手握住大劍。

剎那間，狂三等人感受到一股強大無比的靈力暴風。

「這是……！」

精靈正急速吸取周圍的靈力，而吸引的所有靈力都聚集到大劍上。

「她打算應用過去的斬擊，將破壞力和範圍提升到極限……！」

看來精靈對她們一直閃避攻擊感到十分不滿。既然狂三不斷回避，她就使出讓狂三無法回避的一擊。

單純而絕對的絕望。

〈除了響以外，其他三人退到精靈的後方避難。響——妳知道怎麼做吧？〉

〈知道。我馬上行動！〉

響邁步奔馳。

即使早有心理準備，雙腳還是顫抖得差點不聽使喚。她身旁呈現出光是觸碰便會魂飛魄散，有如狂暴龍捲風的狀態。

而響現在必須跳進那裡……！

狂三慎重冷靜地估算跳入的時機。〈刻刻帝〉——隱藏的第十一、第十二枚子彈的能力強大無比，原本因為在鄰界使用也沒有意義而遭到封印。

但為了打倒那名精靈，狂三自己改寫了那個能力。

……本來她自己並無法駕馭〈刻刻帝〉的能力。

因此她對拋棄這個能力沒有一絲猶豫。就算有——就算有，也不過是有點懷疑自己是否會變成「與時崎狂三截然不同的存在」罷了。

但那又如何——狂三咬緊牙根。

「〈刻刻帝〉！」

「[redacted]？」

「狂三！」

「響站到狂三面前」，宛如盾牌般保護她。

面對她這個舉動，精靈有生以來頭一次感到混亂。不過，精靈尚未成長到將那種混亂的情緒轉化為膽怯、疑心與深思。

——這一點可說是這場戰役的轉折點。

「[redacted]！」

精靈將醞釀已久的大劍朝位於上空的狂三和響一口氣揮下。

能將所及之物全部消滅的黃金斬擊釋放出的光之洪水，就連繞到精靈背後的蒼等人都感到頭暈目眩。

「【——之彈】。」

光之洪水將兩人吞沒。

「時崎狂三……！」

蒼發出哀號般的呼喚聲。精靈無視她們——只是專心地觀看結果。

地面震動越來越大，再有任何風吹草動，地下城就要崩塌。

剛才的那一擊正是致命一擊。想必不久後，第五地下城便會消失得無影無蹤。

然而，明明釋放出如此威力強大的一擊。

「…………呼哈！」

站在狂三前方的少女吸入一大口氣後大叫出聲。大概是之前屏氣凝神到渾然忘我了吧。

緋衣響——並未消滅，也沒有受傷，甚至連靈裝也毫髮無傷。

「[redacted]」

此刻的光景簡直令人難以置信。緋衣響存活下來，還在呼吸。

而位於她背後的少女正將長槍的槍口指向全身僵硬的精靈。

精靈無法動彈。她自己並未察覺，剛才那使出渾身解數放射出所有靈力的一擊，對她造成了巨大的負荷。

在短短一瞬間——完全無法跳躍、回避與防禦。

【闇魔法】「形狀變化・子彈」／〈刻刻帝〉——【七之彈】／裝填／【闇魔法】「黑殼」詠唱五十次。

發射出的子彈不偏不倚地射入精靈的胸口。

……狂三想出的辦法是擋下精靈使出真本事的一擊，而非牽制的斬擊，趁她暫時無法動彈的瞬間給予致命一擊，如此有勇無謀的計策。

如果狂三沒有改變子彈的性能……恐怕真的會落得有勇無謀的下場吧。

另外，〈刻刻帝〉當中在攻防戰占據重要地位的便是【一之彈】與【七之彈】。

尤其是【七之彈】，效果特別強烈。只要命中，不管是精靈還是準精靈，在時間靜止後都會呈現毫無防備的狀態。

這裡的重點是只讓目標停止時間。對靜止的目標施加攻擊的話，等時間再次流動時便會對目標造成傷害。

因此，【七之彈】不能用來防禦。

「真的成功了呢……」

交換的那枚子彈本質與【七之彈】相同，能凍結對象的時間。

不過，停止的並非對象的內部時間，而是「外部時間」。打個比方，就像是有張薄膜包覆住對象的狀態（實際上並沒有膜，方便起見只好以「膜」來稱呼）。

能讓觸碰到那張膜的人事物暫時停止時間。

時間暫停的瞬間，甚至能強制停止能量的方向性。

假如發射的東西是子彈，在觸碰到的瞬間便會停止動作，向下墜落。即使敵人想用劍突刺，只要時間還在停止的狀態便完全無效。

【十一之彈】——那是無與倫比的絕對防禦子彈。

「大家，就看妳們的嘍！」

就算連續發射五十次【七之彈】，停止的時間恐怕也不滿十秒吧。不過，只要爭取到這些時間——！

「〈天星狼〉——看我不管三七二十一地敲碎妳！」

「〈太陰太陽二十四節氣〉……！」

「〈極光靈幻．赤虎星〉(Ghostlight Betelgeuse)！」

三人各自發動攻擊；狂三也全力發射兩把老式手槍。

經過四秒，狂三直覺時間停止的效果已過一半。然而靜止的精靈完全沒有受傷的樣子。

並非攻擊無效。

而是即使時間停止，精靈似乎依然很耐打。

「——！」

感覺束縛精靈的時間鎖鏈嘎吱作響。

「再過不久【七之彈】就要失效了，必須在失效前想辦法解決她……！」

「妳說要想辦法，但這麼猛烈地攻擊她都沒有效果，實在大大出乎我們的意料……！」

就連平常面無表情的蒼都難得焦躁起來。

「這種程度的攻擊，換作是普通的準精靈，早就死一百次都還有剩呢。」

「單純防禦力高，還真是棘手呢……」

「響！」

「我、我在！什麼事，狂三！」

「別在那邊發呆，妳有什麼好辦法嗎？」

「有是有啦！」

「那麼，妳需要什麼來實行妳的計畫！」

「……可以請妳們助我一臂之力嗎！」

剩下三秒，沒有選擇的餘地。

「〈王位篡奪〉──【無銘天使・性能進化極】・【反動控制無效化】！」

「……啥？」

在蒼等人感到困惑時，狂三最先察覺到響的目的。

「響！」

「麻煩狂三妳發射【四之彈】。因為事情結束後，我的身體可能會爆炸四散──」

「我已經準備好了。」

〈刻刻帝〉──【四之彈】／【闇魔法】「黑殼」詠唱二十次。

狂三已經做好準備。如果響要做的事會危害到她的性命，那麼自己無論如何也要把她從鬼門關拉回來。

「我要上嘍。〈王位篡奪〉·【武裝模仿】！」

剩下兩秒。

在響詠唱的同時，她所持的無銘天使開始改變形態。

「『那是』！妳連這種東西都能模仿嗎！」

葉羅嘉驚愕地吶喊。

「不過，幹了這種事，我的無銘天使大概會毀掉吧！但現在別無選擇！」

剩下一秒。

響模仿的武裝是眼前的精靈手持的大劍。模仿的瞬間，她便知道了這把無名——不，和時崎狂三同為「天使」的名字。

「唔！這玩意兒…………！」

蒼從背後緊抱住舉起沉重大劍的響輔助她，接著阿莉安德妮和葉羅嘉，最後則是狂三用短槍抵著響，挨近她，兩人緊握住大劍的劍柄。

零。

精靈恢復活動。面對突然出現在眼前的她們，精靈毫不吃驚，接續時間停止前的動作，舉起大劍——瞪大雙眼。

因為眼前的少女竟然緊握著與自己一模一樣的大劍。

「〈暴虐公〉(Nahemah)——【終焉之劍】(Paverschlev)！」

響在完全不理解意義的情況下大喊出大劍之名。

說完這句話，模仿才完成。響過去徹底模仿過時崎狂三一部分的無銘天使〈王位篡奪〉。

充滿黑暗之光。

這便是眼前的精靈所持的大劍——真正的價值。精靈這才理解，原來這把大劍本來的使用方式是「這樣」。

然而，為時已晚。少女們比精靈揮下大劍的時間還要快了零點幾秒。沒有靈魂，只是被塞進鑄模創造出來的她對自己理解得太晚感到遺憾。

……自己的出生原本就不受祝福。

……自己原本就不是為了被愛而生。

自己的生一文不值，自己的死才有價值可言。以個體來思考的話，死很可惜。不過，以整體來思考——啊啊，原來如此。

「太好了。不會造成別人的麻煩。」

精靈最後掠過腦海的是這樣的安心感。結果，當鑄模選中她時，就注定了召喚術士的敗北。

在精靈被描繪出黑暗軌跡的斬擊消滅的同時，響緊握的大劍也隨之粉碎——並且能從她的雙手聽見「嘎吱」的不祥碎裂聲。

「【四之彈】。」

不過，狂三防止了這件事發生。響的雙手在快要粉碎前率先高速復原。

「好險啊啊啊啊啊！我的手差點就要沒了……！」

響連忙再三觸碰自己的手，確認真的平安無事後便癱軟在地。

「……響，這代表妳沒事對吧？」

「我才要反過來問妳，妳也沒事對吧？」

響露出邪笑，狂三也一臉欣喜地輕聲竊笑。雖然有受傷，但並不嚴重。真的說的話，應該算是〈王位篡奪〉被破壞得稀巴爛吧。

「唉～～那是我的祕密武器耶。」

「沒辦法修好嗎？」

「拜託打鐵技能高超的準精靈，搞不好能修好……」

蒼拾起散落一地的碎片，搖了搖頭說：

「緋衣響，這個……沒救了。本領再好的鐵匠都修不好吧。」

「哎呀～～果然不行啊。」

「無銘天使對準精靈而言，既是武器，也是生存手段。就算奪取別人的無銘天使，也無法化為己用。」

「也有可能會加速空無化～～小響，妳真的不要緊嗎？」

蒼與阿莉安德妮說完，響聳了聳肩回答：

「嗯～～……反正，船到橋頭自然直嘍！畢竟我的存在理由跟別人不一樣，還滿堅不可摧的嘛～～」

——與時崎狂三離別後會變得如何就不得而知了。

響挺起胸膛，並未將這件事說出口。

「總之，這一戰是我們得勝了。接下來只要用靈晶炸藥將位於這座地下城通往第三領域的通行門炸毀——」

「……看來沒這個必要。」

「什麼？」

因為打倒精靈後情緒亢奮才沒有察覺，其實地下城已經開始崩塌。地震持續不斷，狂三等人的頭上也開始落下巨石。

「哎呀～～……這也難怪。精靈大肆破壞後，是會造成這種後果呢。」

慢慢坍塌崩落。

當初封鎖通往第三領域的通行門的冒險任務，結果藉此達成了。因為整座地下城都不保了。

「連帶傳送陣都會一起毀滅消失吧。這下子至少能防止來自第三領域的侵略。」

傳送陣就位於第三領域的通行門附近，空無軍團原本是藉由傳送陣在第五領域的各地神出鬼沒，如今再也做不到了。如此一來，便毋須害怕疲乏的戰線被突破，領域也能恢復和平吧。

聽見葉羅嘉的這番話，一行人各自鬆了一口氣——不過，立刻想起現在不是安心的時候。因為這個第五地下城正在崩塌。

狂三大喊：

「往上逃！」

響、蒼、阿莉安德妮和葉羅嘉聞言，同時飛向上空。

第五地下城「Elohim Gibor」逐漸坍塌。狂三看見一塊特別大的石塊掉落，立刻拔出短槍。

「〈刻刻帝〉——【七之彈】！」

狂三等人繞過時間停止落下的石頭，或是由蒼揮舞〈天星狼〉粉碎障礙物。不斷往上方移動。

怪物們無所事事，只是怔怔地等著被壓扁。響不免有些感傷，不過想起他們（？）既沒有靈魂也沒有感情，依然會在其他地下城活蹦亂跳後，便重新打起精神。

……可以想成在第五領域該做的事已經結束，接下來只剩下打倒白女王了。

如此一來，狂三便能名正言順地前往第一領域，飛向另一個世界吧。

離別已近在眼前——

「響！」

「咦？好痛！」

大概是因為漫不經心，落下的石頭掠過她的腦袋。狂三氣憤地一把拉過響的手。

「我們還沒有安全逃離這裡喲……妳的奮戰開花結果了，可別來到這個階段才功虧一簣。」

「我、我知道啦～～」

「不過，如果妳已經精疲力盡，那也沒辦法。我就暫時幫幫妳吧。」

「……嚇，謝謝妳。」

「……妳那是什麼反應？」

「平常冷血的狂三難得如此善解人意…………痛痛痛痛！」

其實響只是單純因為狂三牽起自己的手而大吃一驚，並且流露出愛慕之情，才會做出那種反應。不過響選擇一如往常地耍個幽默，她覺得這樣比說出事實好多了。

「真是堅強～～」

阿莉安德妮悄悄對響如此呢喃。響板起臉，瞪視飛在她旁邊的阿莉安德妮。

「妳剛才有說什麼嗎？」

「嗯～～沒什麼～～不過，給妳個忠告。妳這樣總有一天會爆發吧～～？」

響明白阿莉安德妮想說什麼，她依然臭著一張臉，冷淡地回答：

「絕對不會。」

「妳打算到死都不說嗎？」

「這個嘛——」

這問題令響猶豫了一下，無法立刻回答。不過，答案從一開始就已經決定好了。

「我確實有此打算，這不是理所當然嗎？」

「……是喔……呼啊啊啊……」

阿莉安德妮露出睏倦的眼神，搓揉眼睛。

「別人在認真回答妳的問題，妳竟然想睡！而且還是在飛行途中！」

「說來說去，畢竟經歷了一場激戰，我睏得不得了。不過，這樣也好啦……不對，應該不好吧……」

「要妳管啊～～」

響鬧彆扭地撇過頭。阿莉安德妮餘光看著她，靜靜飛離她身旁。

「妳們聊了什麼？」

「沒聊什麼大不了的事，只是確定阿莉安德妮心眼真的很壞罷了。」

面對有點像在生悶氣、說話粗暴的響，狂三一副看見罕見之物的模樣睜大雙眼。

就這樣，一行人從地下第十層飛往地面。

○精靈變奏曲的結尾

逃到地下城外的狂三等人，終於鬆了一口氣。

「累死了……」

阿莉安德妮如此呢喃，精疲力盡地倒臥下來。不過，狂三等人也沒有阻止她的打算。葉羅嘉和響也默默無語地躺下，吐出安心的氣息。

「只有我們還精神飽滿啊。」

「……不，其實我也很想躺下，但是從剛才起我就一直很在意蒼妳的視線，只好站著。」

狂三嘀嘀咕咕地發牢騷。逃出地面的瞬間，蒼看狂三的眼神便帶著豐富的情感。這令她感到——十分恐懼。

之所以這麼說，是因為她的眼神中似乎交雜著愛慕與鬥志。臉頰通紅得像是氣血往上衝，眼睛卻充滿鬥志，閃閃發光。

……看來她真的想要我馬上實現約定。

「……約定、約定♪」

蒼哼著歌似的嘟嚷。狂三吸了一大口氣，再「呼～～～～～～」地吐了出來，以有些死氣沉沉的眼神詢問：

「真的要打嗎？」

「真的要打。」

「那個……老實說，這麼做根本沒有意義。如果妳會危害到我的性命，我會拚命反擊殺了妳，但現在鄰界不能少了妳這名戰力吧。」

「可是，時崎狂三妳馬上就要前往遠方了吧，沒辦法。」

突然被戳穿實情的狂三一臉尷尬地將視線從蒼身上移開。

「啊啊，嗯。我沒有要挽留妳的意思。感覺若是挽留妳，我和妳的關係就真的結束了。不過，我還是想好好跟妳道別，我不認為我這麼說很任性。」

「……道別的方式是戰鬥，這麼說有些欠妥吧？」

「呵呵。那是因為我是只能生存在像第十領域或第五領域這種戰鬥場所的準精靈呀。我想在最後跟妳痛快地打一場再道別。」

狂三與蒼眼神交會後，嘆了第三口氣，低下頭。

「這裡感覺不好站穩，要不要換個地方？」

「當然好啊。前面有一片感覺還不錯的森林，我想在那裡應該能盡情地打一場。」

「沒辦法，只好由我來當裁判，避免妳們發展成廝殺的狀態。」

「……兩個人比較好耶……」

「難保妳不會一時沖昏頭吧？別囉哩囉嗦的了。」

蒼心不甘情不願地點頭答應。

「那、那麼我也……」

「……啊啊，響妳就休息吧。妳應該累了吧？」

狂三用手制止搖搖晃晃試圖站起來的響，朝大地一蹬。

「我也——」

「啊，小響，妳等一下～～我有話想跟妳說。」

阿莉安德妮拉住還是想跟上去而打算站起來的響。

「……什麼事？」

響露出警戒的眼神；阿莉安德妮見狀後嘻嘻嗤笑……阿莉安德妮認為就某種意義而言，時崎狂三之所以能走到這一步無疑是多虧了緋衣響的幫助，雖然本人應該會否定就是了。

「是很重要的事……我想妳應該隱約感受到我想問的是什麼問題了吧？」

「也是，我們就來談談吧。」

響與阿莉安德妮將和樂融融的同伴意識拋諸腦後，面向彼此。

◇

「我會先幫妳們祓除半徑五百公尺內的怪物，這樣妳們交戰時就不會受到干擾。」

篝卦葉羅嘉隨意扔出靈符，靈符化為小鳥後，立刻振翅飛向天空。

「那麼，接下來就隨妳們怎麼打嘍。我會在一旁觀看，除非狀況失控，否則我不會出手介入……另外，要不要暫時解除技能？有關魔法類的。」

兩人答應葉羅嘉的提議，同意封印只能在第五領域部分區域使用的魔法相關技能。

使用獲得的技能並不算什麼卑鄙的手段，只是如此一來，兩人在戰鬥時所能使用的戰術種類就變得十分廣泛，彼此都憂慮這一點。

狂三是擔心蒼使用魔法，採取遠距離攻擊，這樣便難以速戰速決；而蒼則是擔心狂三使出更出人意料的手段，令她頭腦當機，思緒混亂。

「當然，我贊成。」

「我無所謂……那麼，就開打吧，蒼？」

「嗯……感覺心情莫名地舒暢。」

明明疲憊不堪，一舉手一投足卻充滿力量。敏銳的神經，甚至連一片樹葉從樹上掉落都能感受到。宛如即將抵達終點的馬拉松跑者，一切都令人感到情緒激昂，眼中的世界變得如此可愛——那種感覺。

「……蒼，無銘天使〈天星狼〉，靈裝為〈極死靈裝‧一五番〉。我要打敗妳。」

「時崎狂三，天使〈刻刻帝〉，靈裝為〈神威靈裝‧三番〉。我可不會輸。」

一陣涼爽的風穿過森林。

狂三頓時舉起老式手槍射擊，速度快得只消一眨眼的時間。

蒼看不見。她指的並非子彈，而是狂三射擊子彈的瞬間。

不過，那也不過是子彈罷了。現在的蒼，只要嚴加防禦，輕而易舉便能擋開子彈吧。

蒼以手和〈天星狼〉防禦臉部，以最短距離衝向狂三。然而，當她挨中子彈的瞬間，便被震飛到後方。

「……！」

「哎呀、哎呀，妳還真是強健呢。」

狂三露出傻眼的表情，乘機追擊。不過，蒼立刻站起來，凌空一躍，往樹幹上一蹬，快速地左右移動擾亂狂三。

視線追不上的狂三左右來回移動槍口。這時，蒼一口氣襲向狂三。既非從正面，也不是從左右方，而是從狂三死角的正上方襲擊。

不過，狂三將另一隻手握住的長槍指向悄聲舉起〈天星狼〉的蒼。

「很遺憾，我早就預料到了。」

如同蒼的神經變得敏銳一樣，狂三在激戰結束後，神經也變得十分靈敏。

以皮膚感受空氣，以心神察覺鬥志。

狂三發現無聲的襲擊後，當然扣下了扳機。不過，蒼在此時做出遠遠超出狂三預測的行動。

「……！」

難以置信的是，蒼竟然在空中躲開了狂三釋放出的子彈。以眼睛確認發射的子彈，一邊旋轉全身。蒼看也不看掠過臉頰的子彈，以〈天星狼〉敲擊狂三的頭。

……卻沒有擊中的……手感……？

應該直接命中了才對。照理說應該會一如往常傳來頭蓋骨碎裂的微弱反作用力。

然而，蒼感受到的卻是揮打粗紙般的空虛感。

「這……」

著地的同時，蒼這才明白。

「『被順勢擋開了』……？」

狂三將頭部朝向地面稍微翻了筋斗後，幾乎完全抵銷從正上方用力敲下以便敲碎頭蓋骨的〈天星狼〉的攻擊。

說來簡單——簡單歸簡單，但蒼還是發出感嘆，覺得自己看見了令人難以置信的畫面。

如果判斷遲了零點數秒，導致閃躲偏離一毫米，光是如此便會身負重傷。

「不會吧……」

就連宣言會澈底擔任裁判的葉羅嘉也不禁發出如此低喃。

而狂三才不會遲鈍到放過毫無防備著地的蒼。

〈刻刻帝〉宛如斜打的驟雨般，射擊蒼的全身。

「〈極死靈裝．一五番〉……！」

不過，蒼的靈裝十分優秀，當蒼察覺到無法回避子彈時，它便遵從蒼的意思，凍結眼前的空氣。

蒼看準子彈動作變慢時，將〈天星狼〉一揮。於是，子彈朝四周散開，其中幾顆還因為受到戰戟直接命中而粉碎。

「哎呀、哎呀。蒼，妳學聰明了呢。」

「這是我為了與時崎狂三妳交戰而保留的祕密招式。」

狂三在內心苦笑道：這話說得還真是可愛。其實只要用【一之彈】、【二之彈】，再不然【七之彈】就好了，但因為蒼選擇正面出擊，狂三也只好將這個念頭驅趕至腦海角落。

該怎麼說呢，狂三想以技巧戰勝蒼的想法非常強烈。

「不過，妳從正上方的那一擊有稍微手下留情吧？」

看似使出渾身解數的一擊，其實在觸碰到頭部的瞬間，有種「別取她性命吧」的感覺。

「……因為，我不希望妳死掉啊……」

蒼鬧彆扭似的撇過頭。狂三見狀，終於忍不住笑了出來。

狂三覺得很開心。並不是指戰鬥打得很開心，而是與蒼這樣互動很開心。

就連不小心失手就會喪命的這場戰鬥，只要不死，就跟運動沒兩樣。

思緒不斷奔馳，狂三在腦內將所有戰術一一搭配。攻擊的選項延伸出無數的樹狀圖，尋找出幾個正確解答。

「時崎狂三。」

「什麼事？」

「我還是再提議一次，要不要在這個鄰界一起生活？」

「……什麼？」

「我喜歡妳。妳也好像有點喜歡我。不只我，我想居住在這個鄰界並且認識妳的準精靈大概都喜歡妳。」

「……我是很感謝啦。」

「我喜歡跟妳交手、喜歡跟妳聊天，也還滿喜歡看妳跟緋衣響逗嘴……也有點喜歡和平的日子，只要偶爾能像這樣動動身體就好。」

「可是……」

「就算不住在第五領域，住在第九領域的話，戰爭也不多吧。不過，必須以偶像的身分活動就是了。然後，我和時崎狂三、緋衣響三個人一起住。我想生活一定會過得很散漫，不過我覺得這樣的生活也挺有意思的——」

「蒼，別再說了。」

狂三斬釘截鐵地拒絕蒼描述的未來。面對狂三冷漠的眼神，蒼毫不畏懼地以靜謐的神情注視狂三。

「我希望這樣的選項也能在妳心中占有一席之地。」

「我沒辦法這麼想。」

「嗯。現在還沒有這種想法也沒關係，直到最後一刻再思考也無所謂。只要在妳即將離開這個鄰界時，認為回頭留在這裡也好就行了。」

蒼表情溫和地提出穩當的建議，她的話語充滿慈愛，令本來想反駁的狂三也無力反駁。

「……這也是妳的策略嗎？」

「一半是策略，不過另一半則是出自真心。」

蒼挺起胸膛告知。

「真是敗給妳了。」

狂三嘆了一口氣，不知不覺吐出在第十領域時想都沒想過的話語。

「好吧，我會在最後一刻考慮看看的。」

「太好了。」蒼如此呢喃後露出孩子般的笑容。對大人惡作劇成功，天真無邪的童稚笑容。

而狂三因為蒼的這番話才恍然察覺到。

自己正拿「那個人」和「她們」擺在一起衡量。

要選擇戀愛，還是朋友？要選擇愛情，還是友情？

啊啊，真是令人苦惱。都還沒有打倒白女王呢——

如此思考之後，一切都「反轉」了。

狂三感到一陣強烈的惡寒後，理解到自己可能犯下了致命性的錯誤。她忘記自己的煩惱和與蒼的戰鬥，望向天空。

「時崎——」

在察覺事態的蒼呼喚她的名字前，狂三已搶先一步飛向天空。

◇

「以結論來說～～我不希望三三前往另一個世界～～」

響大概預測到阿莉安德妮會說出這種話了。

「為什麼？……雖然身為她的朋友，我這麼說有些欠妥，但狂三對敵人毫不留情，也難以說是完全信任支配者，對身為權力者的各位來說，應該是燙手山芋吧？」

聽完響說的話，阿莉安德妮嘻嘻嗤笑。

「妳還真敢說呢～～不過，大部分都說對了……妳覺得為什麼到現在依然無法確定如何前往另一個世界？」

「這個嘛……因為第一領域被封鎖……」

響也只聽說傳聞而已。認識狂三後，響曾經為了她收集過幾次情報，不過也只是得到一部分的傳聞與傳說的消息。

「那麼，為什麼要封鎖第一領域？」

「……我還不是那麼清楚……嗯？不是被封鎖，而是主動封鎖嗎……封鎖的是支配者嗎？」

面對響的提問，阿莉安德妮點頭表示肯定。

「第一領域有通往現實世界的通行門，在一部分的支配者之間是已知的事實～～」

「……妳說什麼？」

響一臉疑惑地皺起眉頭。

阿莉安德妮輕聲竊笑，嘴角微微上揚。響雖然善於察言觀色，但剛才的阿莉安德妮實在令人難以捉摸。

「知道這件事的只有我、真夜，和葉羅嘉三人。其他支配者，包含生者和死者在內，完全不知道事實。我們呀～～發過誓了～～要守護這個鄰界、維持這個鄰界的秩序。」

「……有通往現實世界的門存在，會無法維持秩序嗎？」

「小響妳呀，還記得什麼來這裡以前的事嗎？」

「不，完全不記得了。」

「我想也是～～這個鄰界有準精靈記得，也有準精靈不記得……這一點倒是無所謂～～我們害怕的，是『希望前往現實世界的準精靈』。」

「……希望前往又不是什麼壞事。」

「願望本身不是壞事，壞就壞在會導致鄰界的靈力失衡。因為開啟第一領域的通行門，就代表將原本被切斷的鄰界與現實世界再次連結起來。」

「只是連結起來而已嗎？」

「如果說這個鄰界是裝了水的水槽，現實世界是空水槽，或是比喻成是熱水與冷水的關係也行～～打開門連結起來，就意味著是在空水槽裡接上泵浦，或是將熱水與冷水混在一起。」

空水槽會歡欣鼓舞地吸水吧。

而熱水與冷水的話，無論怎麼想，熱水的溫度都會下降吧。

而且這個改變是不可逆的，失去的東西無法復原，被奪去的熱度依然保持冷卻。

「呃……有發生過具體的事嗎？也就是說有人使用通行門前往現實世界又返回鄰界……？」

「不愧是跟著時崎狂三久了，很敏銳嘛。不過猜錯了。」

「這樣還叫敏銳喔！」

「不過都猜到這個地步了，再加把勁吧。我們不是知道跟剛才妳說的事很類似的現象嗎？」

經阿莉安德妮這麼一提，響開始思考。連結現實世界後會發生靈力擴散現象。說到不曾實際開啟第一領域的通行門，卻曾經與現實世界連結的現象——

「精靈……！」

沒錯，鄰界編排。響曾聽說那是以位於現實世界的精靈的感情為基礎所產生的現象。也就是說，與現實世界相連？

「沒錯～～精靈來這裡時，一定會開啟與另一側連結的『洞口』，那時會造成靈力大亂。順帶一提，聽說精靈來到鄰界時，是殺得你措手不及的。跟通行門啊，領域什麼的完全無關，就像打開門從隔壁房間走進來一樣的感覺返回靈界。」

「太不公平了吧。」

也不想想鄰界這裡為了將一名少女送回現實世界要經歷多少千辛萬苦啊。

「不過……精靈已經很久沒有侵襲鄰界了。然而，還是會以鄰界編排的形式干涉鄰界。」

「阿莉安德妮小姐，妳幾歲了啊？」

「不告訴妳～～……所以，我們絕不允許開啟那扇門。以前也有過幾名準精靈想前往現實世界，但她們全都——」

「全都被妳殺死了……嗎？」

「不，是用我的無銘天使〈太陰太陽二十四節氣〉消除記憶和情感了～～……支配者才沒那麼冷血無情好嗎？」

「……啊啊，原來如此。不過，這招對狂三不管用……是嗎？」

「不單只是實力差距太大，而且我在第七領域跟她玩撲克牌的時候也試過，她的自我意識太過強烈，根本沒辦法操控她的感情～～」

阿莉安德妮不好意思地搔了搔頭，傻笑道。

「真是太好了呢……要是被狂三發現，她可能早就衝過來殺妳了……」

打算操控她的感情這件事，恐怕是狂三絕對難以饒恕的行為。

「嗯。我打算保守這個祕密一直到死為止……」

阿莉安德妮大概是自己說一說也害怕起來了，只見她顫抖了一下。

「所以……妳該不會想操控我來代替狂三吧？」

以阿莉安德妮的能力是有可能操控響的。雖然不知道這個方法對狂三是否能奏效。

「不不……這要是被三三發現，我必死無疑吧～」

「說的……也是呢，嘿嘿嘿。」

「這關係到我的性命，妳竟然還笑嘻嘻的～哎，總之，若是三三開啟第一領域的通行門，這個鄰界不知道會變得怎樣……我希望妳轉告她這件事～」

「……要我轉告狂三嗎？」

阿莉安德妮嘻嘻笑了笑。響覺得她的笑容莫名地超脫、老成。

「是呀～我希望妳轉達……但是妳不會告訴她吧～」

「……」

「小響，我問妳。三三……時崎狂三她呀，即使破壞鄰界也想前往現實世界……對嗎？」

響聞言，沉默了片刻。

響自問自答：這很難說吧。如果是在第十領域相遇的那個時候，自己能十分肯定地確定她一定會這麼做。

因為對她而言，那名烙印記憶中的少年——就是如此重要。

不過，即使她是惡夢，卻並非是殺人魔。如果知道鄰界會毀滅，也許時崎狂三會——

「我們的理想是白女王被打倒，三三也啟程前往現實世界，而鄰界也沒有任何危害。希望是這樣啦……」

……響認為那是十分美好的結局。

如果是這樣，自己也能笑著跟她道別。沒有怨言、不悲傷也不感嘆，心情爽朗暢快地跟她道別。

還有餘力追加一句「總有一天再相見吧」。

不過，若結果不是如此。

「狂三她——」

是否會為了我們，不，是「為了我」留下來呢……？

「——沒必要再繼續思考這個問題了。」

空氣凍結。

響與阿莉安德妮往聲音來源望去後，看見那裡站著一名空無。

一身純白的洋裝、一頭純白的頭髮。如幽靈般虛幻，左右搖晃。

「〈太陰太陽二十四節氣〉！」

白銀線閃閃發光，試圖綑綁住空無的身體。不過，凌駕於白銀光輝的光刃輕而易舉便切斷了線。

「什……」

響吃驚得發不出聲音。因為切斷線的並非空無，而是從空無的身體——腹部出現的手，用軍刀切斷的。

而最糟糕的是，響曾經看過那隻手和那把軍刀。

「怎麼可能——」

阿莉安德妮一副不想相信的樣子搖了搖頭。

「我，『我們』是統御空間的精靈。只要有她們在——」

空無的身體破裂。與其說是破裂，應該用開啟來形容吧。從胸部到下腹部就像門似的響起「喀嚓」一聲打了開來。

倒地不起的空無露出幸福的表情消滅，最後剩下的只有女王。

與時崎狂三呈現對照組的最邪惡女王就此現身。

「我能在任何地方出現。阿莉安德妮．佛克斯羅特，妳不是在第六領域見識過了嗎？」

「……就算問妳究竟有何貴幹……也沒有意義吧～～」

阿莉安德妮瞥了響一眼，用手示意她退下。

「——哎呀，真敏銳呢。妳就不認為我的目標是妳嗎？」

「畢竟妳隨時隨地都能殺了我嘛～～」

阿莉安德妮如此說道，同時慎重緩慢地讓線在地面爬行。睏倦的眼神、嬌小的身軀、怯懦的眼瞳、看似脆弱的靈裝與無銘天使。這些全都是阿莉安德妮容易被看輕的要素。

通常阿莉安德妮會趁對方疏忽大意時給予致命的一擊——

「放心吧，阿莉安德妮．佛克斯羅特，我認可妳的能力喲。我是在認可妳的能力下，還小看妳的。」

看見那令人不快的冷笑，阿莉安德妮的表情變得嚴峻。

「開什麼玩笑呀……！」

周圍已設置好充足的陷阱。阿莉安德妮發動〈太陰太陽二十四節氣〉，打算一口氣綑綁住白女王。之後，她才意會過來那是白女王在故意挑釁。

「【天秤之彈】。」

阿莉安德妮中彈。白女王拔槍射擊的速度毫不遜色於狂三——不，甚至更勝於狂三。

下一瞬間，阿莉安德妮頭腦一片混亂。因為自己的無銘天使竟然將自己緊緊束縛住。

「什麼……！」

發生在自己身上的狀態令她難以置信。冷靜回想後，女王只是和自己交換位置座標罷了。阿莉安德妮已經知道了幾種女王的能力，這個【天秤之彈】就是其中一種。

如果自己要預測女王的行動是預測得到的；要擬定對策也擬定得出來。

然而，女王突然出現的這個現象令她一時慌了手腳。既然響幾乎算不上戰力，就只能靠自己單獨對抗。這種絕望感令她感到焦躁。

……不對，女王的態度也是令她焦躁的原因之一。

「果然不出我所料。妳們支配者的戰鬥經驗太少了，完全不夠。不過是打敗我一兩顆棋子，怎麼可能打贏我，再等個一百年吧。」

要躲開擺在眼前的槍口是不可能的。

「……」

響沉默不語。從白女王的表情可以看出她絕對不會放過自己。阿莉安德妮生死未卜，應該還活著吧。不過，一看就知道無法立刻繼續戰鬥。

也就是說，緋衣響必須獨自面對女王。

無能為力。緋衣響不可能戰勝女王。

「我是來奪取妳的靈魂的。」

女王用手指輕輕抵住響的額頭。響覺得自己的心臟跳得好大聲。

「妳該不會在想自己會被殺吧？」

「不是。我在想妳應該會做比殺了我更殘酷的事。」

響如此說道後，女王雙眼圓睜。

「原來如此，妳真是不錯，也難怪『女王』想要妳。『將軍』和『千金』不要就是了。」

響冷靜思考。身為現實主義者的她，早已覺悟這樣的日子遲早會到來。自己就像是掛在時崎狂三腳踝上的枷鎖。如果有人眼尖發現，便能察覺只要拿那把枷鎖銬住狂三就好。不過那把枷鎖是否真能束縛住狂三……倒是尚未可知就是了。

女王看見「原本身為空無的自己」後，在想些什麼呢？當然，想的肯定是糟糕透頂的事吧。

「妳有兩個選項，不是生，就是死。希望妳的回答能讓我大發慈悲。好了，妳要選哪個？」

響嚥下一口唾液。這是第一個難關。她所追求的，是高潔或卑屈？

「…………」

聽完響的回答，女王一臉滿足地頷首。

「妳想當誰？機會難得，就讓妳選吧。『妳要當ROOK、BISHOP，還是KNIGHT』？」

現在開始才是關鍵時刻。不論選誰、變成誰，響都必須確實保持意識才行。

——我相信妳，狂三。

——而且，我也相信「我自己」。

緋衣響就是憑著相信狂三才一路奮戰到這裡。不過，未來還有一場非常重要的戰鬥得面對。

那是所有時代、所有場所，所有人都無法避免的戰役。

跟自己戰鬥。

◇

當女王傳送完「曾為緋衣響」的人物後，時崎狂三將槍指向女王。

「白女王…………！」

聽見這句話、這道聲音、這句吶喊後——

「她」終於開口。

「妳好呀，『好久不見了，狂三』。」

「……！」

好熟悉的溫柔嗓音。狂三別說扣下扳機了，頭腦完全一片空白。

白女王乘機將軍刀刺入身旁的空無身體，悠悠地打開門。

「已經阻止不了，也沒必要阻止了。鄰界只會崩落，一切將化為夢想殘渣，逐漸消失。不過，這也無可奈何。『都是妳害的嘛』。」

狂三的心，因女王的話而嘎吱作響。詭異感和異物感一湧而上，令狂三心亂如麻。好奇怪。女王那遊刃有餘的態度和語句，一切都好奇怪……不過，最奇怪的一點是——

狂三突然頓悟。

聲音。

聲音不對勁。

沒錯，她一直覺得白女王不對勁的地方在於，那「並非我的聲音」……！

那是令人感到強烈鄉愁，十分溫和的聲音。

那是曾在清晨的陽光下，距離近到觸碰彼此肩膀時聽見的聲音。

那是曾在中午的喧囂中，笑著聽見的聲音。

那是曾在傍晚的教室中聽見的聲音。

那是曾在夜晚煲電話粥時，在耳邊呢喃的聲音。

那是悅耳、優雅、沉穩、輕盈，自己曾經憧憬過的聲音。

而且是我——失去（殺死）的聲音。

「怎麼會……」

狂三有無盡的疑問，堆積成山的謎團。不過，全都被白女王清爽地一笑帶過。

有種世界顛倒過來的感覺。以往相信的事物全都消失得無影無蹤。

對她的憎惡、對她的使命感、對她的戰意，全都輕而易舉地變化成不同的感情。

面對困惑……無法理解的東西而感到恐懼。

然而，女王卻爽朗地微笑著。彷彿從很久很久以前便理所當然地如此微笑。她是時崎狂三的反轉體——不只如此，位於那裡的，是與時崎狂三的根本關係匪淺的存在。

女王開口說道：

「我們現在要進攻第二領域，因為我們想要的東西好像就在那裡。所以，決定在那裡裝睡到底的阿莉安德妮小姐，幫忙把所有的支配者從全領域叫來吧。看獲勝的是我還是妳們，一較高下倒也挺有意思的。」

「……」

阿莉安德妮始終保持沉默。

「等一下……」

「我等不了。因為我也有返回現實世界的權利吧？」

女王消失了蹤影，剩下的空無也瞬間消滅。

留下的只有俯臥在地的阿莉安德妮，追上來的篝卦葉羅嘉和蒼。

以及，呆愣——連槍都忘了舉起的時崎狂三。

那名人物是將曾為人類的時崎狂三與曾為精靈的時崎狂三連結在一起的人。

「為什麼……紗和會……！」

那個女王的嗓音無庸置疑——是時崎狂三捨棄人類身分的轉捩點，被狂三「殺死」的少女溫和的聲音。

緋衣響被擄，時崎狂三的使命感被摧毀得支離破碎。

喪失一切，所有意志受挫，內心只有困惑和悲哀。

在心亂如麻的思緒中，狂三還是理解了一件事。

——如果自己不振作起來，便拯救不了任何人。

唯有這一點是無庸置疑的事實，也是對現在的她而言最困難的冒險。

就這樣，支配者齊聚一堂，女王則是企圖凱旋現實世界。

一切即將邁入尾聲。

○比如，那其實是這麼一回事

事到如今再解釋《約會大作戰DATE A BULLET 赤黑新章》顯得有些多餘。不過，這部作品是以《約會大作戰DATE A LIVE》中登場的時崎狂三這名少女為主軸，同時借用《約會大作戰》的設定所創作而成的外傳。

所以反過來說，只要《赤黑新章》的設定本身不與本傳的《約會大作戰》相互抵觸——也就是說，只要故事的發展不是原本被小看是E等級的時崎狂三其實是S等級，將《約會大作戰》的大魔王、十香、其他女角一個一個剷除的這種令人難以信服的勝利方式，大部分的事情都能被允許。

因此，這次我祭出了幾乎是最大的禁招（故事後段登場的那個變成自動災害機器的女孩），在快要踩線的範圍自由發揮了一番。在此感謝橘公司老師的包容，嘿嘿（諂媚的笑容）。

另外，這次也終於揭曉了白女王的真實身分。

關於這一點，在決定讓白女王登場時，我就已經準備了幾個人選，在經過一番討論後，才決定出來的。或許會有讀者疑惑「妳哪位？」，露出在第弐門中毅波登場時的表情。不過，只要重新閱讀原作《約會大作戰》中關於狂三的插曲，也許能發現她是誰喔。

閒話就聊到這裡。那麼，這次為各位獻上第六集。《赤黑新章》第五集是在去年的三月發售的，也就是說，為了寫出這次的故事，我花了整整一年。

這是我自己沒有掌握好時間，真的非常抱歉。

下一集我一定會努力！盡量……盡可能快速送到各位手中！另外，也請各位支持動畫版！

終於要迎來最後一集了。橘老師、つなこ老師，讓我再次重申，真的真的辛苦兩位了……！

雖然最近社會不太平，但我相信作家能做的就只有創造撫慰人心的作品獻給大家，所以請讓我再努力一下。那麼，再會了！

東出　祐一郎

約會大作戰DATE A LIVE 安可短篇集 1~9 待續

Kadokawa Fantastic Novels

作者：橘公司　插畫：つなこ

約會忙翻天！精靈們各個嘗試改變！
享受熱鬧滾滾的日常生活吧！

士道外出時，精靈們恰巧在五河家撞見了他的父母？漫畫家二亞計劃買房？不想上學的七罪找起了工作？而（自稱）士道未來伴侶的折紙將進行新娘修業？「什麼……！這就是船嗎？」士道與精靈們搭乘豪華郵輪，怎麼可能不鬧出點波瀾？

各 **NT$200~260/HK$60~87**

約會大作戰 1~20 待續

Kadokawa Fantastic Novels

作者：橘公司　插畫：つなこ

精靈們為了釋放靈力讓世界存續下去，
恐將成為史上最大規模的精靈戰爭揭開序幕！

五河士道回歸安穩的日常，然而，狂三說出一個令人震驚的事實。「──若是置之不理，不久後，世界將會連同十香一起自我毀滅吧。」精靈們決定展開一場大混戰來擠出用以維持世界的靈力！在被搶救成功的世界，與唯一犧牲的少女約會，讓她迷戀上自己！

各 **NT$200~260/HK$55~87**

國家圖書館出版品預行編目資料

約會大作戰DATE A BULLET赤黑新章/東出祐一郎作；Q太郎譯. -- 初版. -- 臺北市：臺灣角川股份有限公司, 2021.01-

冊；　公分. -- (Kadokawa fantastic novels)

譯自：デート・ア・バレット：デート・ア・ライブ　フラグメント

ISBN 978-986-524-192-6(第6冊：平裝)

861.57　　109018338

Kadokawa
Fantastic
Novels

約會大作戰DATE A BULLET 赤黑新章 6

（原著名：デート・ア・ライブ フラグメント　デート・ア・バレット 6）

2021年1月20日　初版第1刷發行
2023年6月30日　初版第2刷發行

作　　者：東出祐一郎
原案・監修：橘公司
插　　畫：NOCO
譯　　者：Q太郎

發 行 人：岩崎剛人
總 編 輯：蔡佩芬
編　　輯：孫千棻
美術設計：吳佳昀
印　　務：李明修（主任）、張加恩（主任）、張凱棋

發 行 所：台灣角川股份有限公司
地　　址：104台北市中山區松江路223號3樓
電　　話：（02）2515-3000
傳　　真：（02）2515-0033
網　　址：www.kadokawa.com.tw
劃撥帳戶：台灣角川股份有限公司
劃撥帳號：19487412
法律顧問：有澤法律事務所
製　　版：巨茂科技印刷有限公司
ＩＳＢＮ：978-986-524-192-6